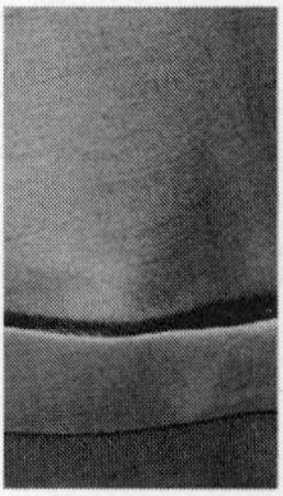

rowohlt paperback

Frédéric **Beigbeder**

Memoiren eines Sohnes aus schlechtem Hause

Roman

Aus dem Französischen von Brigitte Große

Rowohlt Taschenbuch Verlag

Die Originalausgabe erschien 1990
unter dem Titel «Mémoires d'un jeune homme dérangé»
im Verlag La Table Ronde, Paris

Deutsche Erstausgabe
Veröffentlicht im Rowohlt Taschenbuch Verlag, GmbH,
Reinbek bei Hamburg, November 2001

Umschlaggestaltung Cordula Schmidt / Notburga Stelzer
(Foto: Axel Hoedt)
Autorenfoto © Manouelle Toussaint
Satz Trinité No. 2 PostScript (PageOne)
Gesamtherstellung Clausen & Bosse, Leck
Printed in Germany
ISBN 3 499 23095 X

Die Schreibweise entspricht den Regeln
der neuen Rechtschreibung.

Freude wechselt ab mit Schmerz
Heiterkeit folgt auf Zerknirschung
Beachtet den Takt
Herzrhythmus normal
Wir führen das erste Tanzdrama auf
Lasst uns Bostella tanzen!

Honoré Bostel
La Bostella

An Diane, die filigrane,
nah bei Maussane

Erster Teil

Die

spöttischen

Heuchler

«Ist der Martini gerührt,
wird der Whisky sauer.»
Alain Weill

Zu der Zeit war alles groß. Tagsüber hielten wir uns in großen Hochschulen auf, nachts in großen Wohnungen. Wir hatten große Hände, Großeltern und große Hoffnungen. «Grandios», «gigantisch», «großartig», «enorm» waren die Adjektive, die am häufigsten in unseren Gesprächen vorkamen. Wir selbst waren wohl noch nicht ganz ausgewachsen.

Große Männer ordneten große Arbeiten an, andere große Teile Großeuropas rechts unten auf der Landkarte um. Große Epidemien bedrohten unsere grandiosen lyrischen Höhenflüge. Wir hatten große Angst vor dem großen Knall.

In diesem Großklima reizte uns die Kleinverdienerexistenz. Ich kann mich erinnern, dass wir viel herumhingen. Es gab verregnete Nachmittage mit hereingeschneiten Freunden. Es gab ein paar Feste und ein paar Mädchen, die Schönheit atmeten. Man konnte sie deutlich in ihre Lunge eintreten, ihre Brust schwellen und aus den Nasenlöchern wieder austreten sehen. Es gab die Mode der karierten Hemden und des postmodernen Nihilismus. Es gab Tulpen in einer Vase im Wohnzimmer und dicke Wurstscheiben auf einem Holzbrett auf dem Tisch.

Kurz, es gab keinen Grund zur Klage.

Und es gab Marc Marronnier.

Marc Marronnier war einen Meter vierundachtzig groß. Marc Marronnier kaute den ganzen Tag gelbe Malabars. Marc Marronnier stand mittags auf. Marc Marronnier verliebte sich an geraden Tagen und wollte an ungeraden sterben. Marc Marronnier tauchte anmutig Spargel in die dafür vorgesehene Sauce mousseline. Marc Marronnier benutzte «Jicky» von Guerlain und putzte täglich seine Schuhe. Marc Marronnier las Romain Gary und San Antonio. Marc Marronnier trieb sich in Indien und in der Schweiz herum. Marc Marronnier trank Whisky mit Freunden und Bordeaux mit Frauen. Marc Marronnier tanzte Charleston auf seinem Bett. Marc Marronnier hielt sich für einen Dandy, konnte es sich jedoch nicht versagen, öffentlich in der Nase zu bohren.

Marc Marronnier liebte Flüsse, die durch große Städte flossen: die Themse, die Wolga, die Rhône, die Donau, die Bièvre. Marc Marronnier sprach ständig von seiner Katze. Marc Marronnier hörte Rap. Marc Marronnier gab vor, Kitsch zu hassen, floh aber oft in die Ironie. Marc Marronnier fand nie ein Taxi und kam zu Verabredungen immer zu spät. Marc Marronnier war anstrengend.

Marc Marronnier machte eine Wallfahrt: Saint-Jean-de-Luz, Santo Domingo, Saint-Wandrille. Daran war nichts Katholisches. Marc Marronnier war nicht besonders religiös. Er wusste nicht einmal genau, ob er nun rechts oder links war. Er schrieb rechte Artikel für linke Zeitschriften und umgekehrt. Vielleicht war Marc Marronnier ein Verräter. Seine Initialen verwiesen auf eine Sorte Schokobonbons, die im Mund schmilzt, nicht in der Hand.

Marc Marronnier hätte die ganze Welt umarmen können.

Marc Marronnier hatte ein Watschengesicht.

Damit kenne ich mich ganz gut aus: Ich bin Marc Marronnier.

Ja, ich heiße Marc Marronnier, wie der Kastanienbaum. Ich bin 24 Jahre alt, und es ist 2 Uhr 10 morgens. Das Leben eines Mannes besteht aus Zahlen und Buchstaben. Das Leben ist eine Aneinanderreihung von Funshows: Erst das «Glücksrad», dann «Einer wird gewinnen» und dann, wenn man Glück hat, «Der große Preis».

Ich bin 1 Meter 84 groß und wiege 58 Kilo; das heißt, ich bin dünn. Neben mir wirkt ein Fliegengewicht wie ein Sumoringer. Nackt erwecke ich Sorge und Mitgefühl. Mein Gerippe ist in allen Einzelheiten so gut auszumachen wie das Skelett in der medizinischen Fakultät. Dabei esse ich viel. Das scheint eine Frage des Stoffwechsels zu sein. Aber es wäre undankbar, wenn ich mich darüber beklagte: Rachitiker sind in, und das ist gut für mich.

Mein Gesicht ist ausgefallener. Ich habe nämlich zwei Nasen: Eine sitzt mittendrin über dem Mund, wie bei den meisten Menschen; von ihrer cyranoischen Größe abgesehen, ziemlich gewöhnlich, wird man zugeben müssen. Die andere macht meine Besonderheit aus. Sie befindet sich unter der Unterlippe, dort, wo man normalerweise ein energisches oder fliehendes Kinn hat. Die andere Nase, die diesem Buch fast seinen Namen gegeben hätte (ich finde Simone de Beauvoir sehr inspirierend), nennt man in der Umgangssprache «Hammerkinn». Es ist eine «Canada Dry»-Nase: Es hat die Form einer Nase, die Farbe einer Nase, atmet aber nicht, hat keine Löcher und ist deshalb selten verschnupft. Ehrlich gesagt ist dieses hervorstechende Kinn völlig überflüssig. Es ist weder unangenehm noch vorteilhaft. Es besitzt keinerlei praktischen Nutzen für mich. Neben den beiden kleinen Zehen an meinen Füßen ist es der entbehrlichste Teil meines Körpers. Dennoch würde ich mich um nichts in der Welt von ihm trennen. Erinnern Sie sich? «Sie ist umso schöner, weil sie unnütz ist» (noch einmal Cyrano, letzter Akt). Dieser Satz von Rostand diente mir oft als Argument gegen Schönheitschirurgen, die meine andere Nase mit einem Experimentierfeld für ihr Skalpell verwechselten.

Möglicherweise tendieren meine beiden Nasen mit dem Alter zur Vereinigung, was das verkniffene Naturell, das ich mir verzweifelt auszutreiben versuche, noch unterstreichen würde. Das ist die große Sorge meines Lebens: Werden meine Nase und mein Kinn einander am Ende berühren? Manche fürchten sich vor dem Tod, vor Gott oder vor dem Ausscheiden von Olympique de Marseille im Europacup-Halbfinale. Darüber kann ich nur lachen! Mein Problem ist viel drängender, es sitzt auf meiner Birne, das ist eine Morphopsychose!

Stellen Sie sich also einen großen Dürren mit zwei Nasen vor, und Sie haben ein ziemlich zutreffendes Bild vom Helden dieses Romans. Wenigstens kann nachher keiner sagen, ich hätte mich in meinen Werken schöner gemacht, als ich bin.

Marc Marronnier mag Feste. Das ist nicht unbedingt sein Fehler: Alle um ihn denken ausschließlich ans Vergnügen, und er hat von Anfang an gelernt, dass dem Fest Vorrang vor allem anderen gebührt. Gelegentlich findet er diese Abende blöde, aber er würde nie auf die Idee kommen, einen davon zu versäumen. Die Entscheidung zwischen einem guten Buch und einer Hand voll Konfetti fällt ihm nicht schwer, und schon sieht man die winzigen bunten Scheibchen sanft auf seinen Blazer Marke Ewiger Student regnen.

Natürlich pflegt er auch andere Interessen. So sammelt er Comichefte von Jacques de Loustal und Platten von Sergio Mendes. Außerdem hat er Politikwissenschaft und ein bisschen Jura studiert. Es wäre allerdings übertrieben zu glauben, Marc hätte sein Studium nur beendet, um seine Eltern zu beruhigen. Sein verlängerter Aufenthalt in den Tempeln der höheren Bildung erklärt sich hauptsächlich durch den eingestandenen Wunsch, den Beginn des wahren Lebens noch ein wenig hinauszuzögern. Misstrauen Sie Menschen, die sich mit Diplomen brüsten – statistisch gesehen sind das die größten Feiglinge.

Eines Tages aber war Marc doch gezwungen, sich zur Arbeit zu bequemen. Da er immer öfter ausging, begann er seine Nächte in verschiedenen Zeitschriften auf Hochglanzpapier zu veröffentlichen. Und indem er so zum Gesellschaftschronisten befördert wurde, gelang es ihm, seine Neigung zum Beruf zu machen. Heißt das, «das Nützliche mit dem Angenehmen verbinden»?

Aus der Adoleszenzkrise direkt in die feinen Kreise; vom Mickey-Club zum Mickey der Clubs. Am Ende einer einsamen, aknegeplagten Jugend (das eine geht selten ohne das andere), stieg er ohne Übergang in das hochgezüchtetste Sozialleben überhaupt ein: in die mondäne Welt. Bei Rallyes ohne Auto in auspufflosen Töpfen hat er sich schnell die Grundlagen eines Savoir-vivre zu Eigen gemacht, dessen oberste Regel die Pantomime ist.

Pantomime des Geistes, Pantomime des Festes, Pantomime des Flirts. Hat man seine Rolle in dieser Farce gut gespielt, ist man auch in der Lage, sich jeder erdenklichen Katastrophe zu stellen. Marc bedauerte Menschen, die dieses Training nicht über sich ergehen lassen mussten: Sie würden ihr Leben lang echt sein. Wie öde!

Allmählich hatte sich das Theater seiner Grausamkeiten auf nachmittägliche Feten, nachmitternächtliche Empfänge, Cocktails nach der Vernissage, Galas nach dem Desaster, Nachhochzeitsbälle, Nachbeförderungsfeiern, Nachprüfungsrunden und Frühstücke nach getaner Tat ausgedehnt. Er wurde zum Experten, den man regelmäßig konsultierte, um zu erfahren, zu welcher Zeit man wo zu sein hatte. Da das elterliche Taschengeld für diesen Lebenswandel nicht mehr reichte, verkaufte er sein Wissen an die Zeitungen. Das war seine Rechtfertigung, wenn die anderen Gäste sich betranken: Er wurde schließlich dafür bezahlt. Eine bequeme Heuchelei – Vorsicht, hinter einer Pantomime kann sich eine andere verstecken.

Auch wenn man das Leben als ein Fest sieht, so konnte Marc doch nie recht glauben, dass ein Fest ein Leben ausfüllen könnte. Damit lag er, wie man sehen wird, nur halb daneben.

Elender DRECKSACK!» (fette Ohrfeige auf die linke Backe) «Das wirst du mir bezahlen!» (Kopfstoß auf die Nase)

«SCHEISSKERL!» (Fußtritt in die Eier)

«Krepier!» (Holzschemel gegen die Zähne)

«Ich BRING DICH UM!» (Kaffeekanne mit kochendem Wasser in die Augen)

Jean-Georges und ich stritten uns oft.

Jean-Georges ist mein bester Freund, sofern es so etwas überhaupt gibt. Aber er ist auch mein schlimmster Feind – das verträgt sich gut. Er lebt allein in einem riesigen Stadthaus, das ihm von seinem alten schottischen Onkel zur Verfügung gestellt wurde. Nach einigen, wie ich meine, *unabsichtlich* gescheiterten Selbstmordversuchen hat Jean-Georges beschlossen, seiner Langeweile auf andere Weise zu entkommen. So wurde er der größte Festant in Paris, Gewohnheitstrinker, notorischer Drogenkonsument und vor allem der merkwürdigste Mensch, dem ich je begegnet bin. Sagen wir, er hat seine guten und seine schlechten Seiten. Selbst die schlimmsten Gemeinplätze enthalten einen Bodensatz an Wahrheit.

Ich habe Jean-Georges bei einer Polonaise von sechzig Personen kennen gelernt. In der Opéra-Comique, auf einer dieser Galas, wo man sich zum Wohle der Enterbten zu Apothekerpreisen voll stopft. (Daran ist übrigens nichts Verwerfliches, im Gegenteil: Diese Art der Wohltätigkeit hat den Vorzug, dass sie weniger verlogen und viel unterhaltsamer ist als andere.)

Dort fiel mir ein Kauz im Schwalbenschwanz auf, der die Gäste beschimpfte. Nach und nach gelang es ihm, alle zu einem Tanz um die Tische im Rhythmus der Zigeunerkapelle zu animieren. Lauthals die «Polonaise» singend, setzte er sich an die Spitze einer langen Schlange von Persönlichkeiten, darunter drei amtierende Minister, zwei Magnaten der internationalen Presse und sieben ausgekochte Topmodels, und alle klatschten mit. Ich stürzte mich ins Getümmel. Alles brüllte vor Lachen und gestikulierte heftig, Fächer und Hüte flogen auf die Balkone. Leider währte es, wie jeder Wahn, nur kurz, und bald verlor die Raupe ihren Anhang. Alle nahmen wieder Platz, und eine Minute später stand Jean-Georges, singend und klatschend, allein im Foyer der Opéra-Comique. Jeder andere, zum Beispiel ich, hätte sich schleunigst hinter einer Säule versteckt, um der Lächerlichkeit zu entgehen. Jean-Georges tat nichts dergleichen. Er stieg auf einen Tisch, um eine Rede an die Versammlung zu halten, trank Wein aus der Flasche, stieß Champagnerschalen um, küsste eine alte Herzogin auf die Corsage und sprang wie ein Dämon aus der Sage von Tisch zu Tisch. Schließlich landete er mit beiden Füßen in meinem Teller. Gänseleberсauce sprenkelte mein Hemd, und meine Nachbarin würdigte mich keines Wortes mehr. So lernten wir uns kennen, aber das ist schon fast alles, woran ich mich erinnere.

Auch später habe ich mich nie recht an die Possen dieses Kerls gewöhnen können. Eigentlich war an seinem Haus nichts Besonderes, außer einer besonderen Ähnlichkeit mit einem spanischen Landgasthaus: Ständig schlief dort etwa ein Dutzend Menschen beiderlei Geschlechts, und ich wollte lieber nicht wissen, was sie sonst noch taten. Das Haus verdiente den Namen «Hotel», obwohl «besetztes Haus» auch nicht schlecht gewesen wäre. Jean-Georges empfing dich stets großzügig: Warst du durstig, gab er dir ein Glas, warst du hungrig, öffnete er dir seinen Kühlschrank, hattest du andere Wünsche, tat er sein Bestes. Manche Abende bei ihm gehören zu meinen schönsten (und meinen schlimmsten) Erinnerungen, aber nach einer Weile zog ich es vor, Jean-Georges an anderen Orten zu treffen. Bei sich zu Hause war er nie ganz bei sich. Oder vielleicht zu sehr.

Nachts schwitzen die Leute nicht, sie sondern Schweiß ab. Ihre Hände sind schmutzig, die Nägel schwarz, die Wangen gerötet, die Strümpfe zerrissen, die Krawatten verdreht. Nach einer Stunde in der Bar sieht das hübscheste Mädchen aus wie der Barkeeper. Wie konnte ich eigentlich so oft ausgehen?

Manchmal, wenn ich nach Hause kam, rechnete ich zum Spaß nach, was ich so im Lauf der Nacht konsumiert hatte: Sieben Whisky, eine Flasche Brouilly, noch sieben Whisky (aus Gründen der Symmetrie), zwei Wodka, ein halbes Fläschchen Poppers und zwei Aspirin waren ein guter Durchschnitt. Glücklicherweise hatte ich Gustav Mahler zum Einschlafen.

Es sieht so aus, als wollte ich diese Epoche schlecht machen, aber dem ist nicht so. Es gab schöne Momente, und das Leben war leichter. Von außen begreift man das nicht.

Heute weiß ich, dass ich keine Weltreise machen werde, nie die Nummer 1 der Top 50 sein werde, nie Präsident der Republik sein werde, mich nicht umbringen werde, nie als Geisel genommen, nie heroinsüchtig, nie Chefdirigent und nie zum Tod verurteilt werden werde. Heute weiß ich, dass ich eines natürlichen Todes sterben werde (an einer Überdosis *Junk Food*).

Wir sind zu spöttischen Heuchlern geworden. Jean-Georges hat diesen Ausdruck in einem Buch von Jack Kerouac gefunden. Er passte zu uns, obwohl unsere Spötteleien nicht immer schlüpfrig waren und unsere Heucheleien nicht immer ironisch. Die Leute brauchen Etiketten; dieses war so gut wie jedes andere.

Wir waren oft genug aufgefallen, sodass sich ein Haufen fröhlicher Festanten um uns gesammelt hatte, die dasselbe Etikett für sich in Anspruch nahmen (kein eingetragenes Markenzeichen). Könnte sein, dass wir unabsichtlich berühmt wurden. Unsere Hauptbeschäftigung bestand darin, uns zu amüsieren; manche arbeiteten den Rest der Zeit, die meisten schliefen, und alle erholten sich wieder.

Der reguläre Festbetrieb brachte uns dazu, eine Art deontologisch-ethisches Gesetzbuch mit vier goldenen Regeln zu erstellen. Erstens: Jedes gelungene Fest ist improvisiert; zweitens: Der Geist des Gegensatzes ist unabdingbar; drittens: Frauen sind die nährenden Brüste der Nacht; viertens: Der Festant kennt keine Regeln. Die letzten beiden Gebote wurden NACH dem Essen erlassen; das erklärt ihre Poesie.

Eines Abends sahen Jean-Georges und ich fern. Es gab eine Sendung über Alkoholismus. Ein Schriftsteller berichtete von den Verwüstungen, die der Alkohol in seinem Leben angerichtet hatte: Seine Frau hatte ihn verlassen, sein Talent auch.

«Wie viele Eiswürfel willst du in den Scotch?», fragte Jean-Georges.

Ich finde, diese Anekdote lässt die Intelligenz erahnen, mit der die spöttischen Heuchler daran gingen, ihrem Schicksal die Stirn zu bieten.

Es gelang mir damals nicht, mich mit Drogen voll zu dröhnen. Ich trieb zwar Missbrauch mit Cocktails aller Art, scheiterte jedoch an der Initiation in die künstlichen Paradiese. Diese Schwäche beruhte nicht auf mangelnder Neugier. Ich hatte versucht, Joints zu rauchen, aber unkontrollierbare Hustenanfälle machten meine Bemühungen zunichte; und bei den diversen Pulvern und Tabletten, die meine Freunde sich einverleibten, fühlte ich mich immer in die Chemiestunden von Professor Cazaubon zurückversetzt (den ich bei der Gelegenheit grüße). Mein Elitarismus blieb der Ethylismus. Keine Crackoke-Linie erreichte je mein weißes Nasenloch, und die einzigen intravenösen Spritzen, die ich kannte, waren nicht gegen die Wirklichkeit gerichtet, sondern gegen die Poliomyelitis.

Die spöttischen Heuchler waren reich, aber freigebig. Zu ihnen gehörten betrunkene Studenten, bärtige Kunstexperten, verwaiste Papasöhnchen, Amerikanerinnen, von denen eine gar nicht übel war, junge Leute, gierig nach Erfahrung, Alte auf der Jagd nach frischem Blut, Mannequins auf der Suche nach Catwalks, auf den Champs-Élysées aufgelesene Touristen, Liebespaare, Ex-Paare, Fast-Paare, Einzelpaare und Doppelpaare. Die spöttischen Heuchler waren zum Heulen komisch und niederträchtig nett. Die spöttischen Heuchler waren wir, und es war besser, uns zu folgen oder sich zu trollen.

Nach Einbruch der Nacht gingen die spöttischen Heuchler auf die Straße und trafen sich in den Bars. Sie orderten Wein, plauderten mit den Frauen, machten deren Verlobte schlecht, redeten ordinär, orderten weitere Halbe, stopften sich mit Gänseleberschnittchen voll, soffen über Stunden, pinkelten auf die Straße und sagten Dinge wie: «Scheißbekacktes Scheißdrecksleben» oder «Frauen sind irreal, sie spazieren wie Engel über den Regenbogen unserer Träume».

Danach gingen sie unterschiedlichen Beschäftigungen nach, auf Empfängen oder in Nachtlokalen, doch der Morgen fand sie treu auf ihrem Posten, erschöpft im Rinnstein, in einem Palais, einem Auto oder auf einer Polizeiwache. Irgendwann würden sie seriös werden, antike Möbel kaufen und sonntagnachmittags bei Freunden Tennis spielen. Doch das stand noch nicht auf der Tagesordnung.

Bis dahin träumten die spöttischen Heuchler von einem Leben auf Jachten, wo sie, im Sonnenschein auf Liegestühlen ruhend, mit jungen Filmschauspielerinnen Erdbeer-Daiquiri schlürften. Oder von einem Leben in den New Yorker Elendsvierteln, wo sie als obdachlose Schriftsteller ein Vermögen machten und auf den Partys von Alphabet City dem Kokain verfielen. Von einem sorglosen Leben, wo man nicht ins Büro ging, nicht abends nach Hause kam und nicht fernsah. Von einem Leben für bürgerliche Parasiten und Luxusterroristen, von einem Leben auf Sommerfrische. Sie sahen sich als Boni de Castellane im Palais Rose, als John Fante in Point Dume, als Corto Maltese in den Orangengärten der Maquita von Córdoba, als Patrick Modiano im Hôtel du Palais von Biarritz, als Joe Dallessandro in der Factory, als Alexis de Rédé in Ferrières, als Chet Baker in Rom, als Helmut Berger in Saint-Barthélemy, als Antoine Blondin im Rubens, als Charles Haas im Jockey Club, als Alain Pacadis im Palace, als Maurice Ronet im Luxembourg, als Joey Ramone im C.B.G.B.

Alles war erlaubt, man musste nur ein Taxi besteigen und lächelnd «rechts» oder «links» murmeln. Man schlief auf einem Bankett ein und erwachte in Samarkand oder in der Alhambra von Granada. Annähernd persische Kreaturen boten Sträuße heiliger Blumen an, und die ganze Nacht wurde gesungen. Oder vielleicht in Berlin, in einem verdreckten Zimmer mit vollen Aschenbechern, schmierigen, auf dem Teppich umgekippten Gläsern, Büchern von Castaneda und Spritzen unter der Zunge.

Sie schwankten zwischen dem Ideal der maximalen Bequemlichkeit und der aristokratischen Phantasie, nichts zu haben, um alles zu haben. Sie waren unzeitgemäß. Sie wären in den 40ern keine Jazzfans gewesen, in den 50ern keine Existentialisten, in den 60ern keine Beatniks, in den 70ern keine Hippies und in den 80ern keine Schickimickis. Aber sie wären vor dem Jahr 2000 all das gleichzeitig gewesen. Jeder Wochentag ein Jahrzehnt: Montags Schleichhandel, Sperrstunde, Jazzkeller. Dienstags Cabriolet, breite Krawatte, kurze Haare. Mittwochs Hits, schwarze Schuhe, Carnaby Street. Donnerstags indischer Hanf, Kommune, Kommunismus. Freitags modische Melancholie, englischer Kragen, Denkzelle. Am Wochenende versuchten sie das Unmögliche: sie selbst zu sein, um dieses entgrenzte Jahrhundert zu vollenden, wie einer sagte.

Unglücklicherweise fiel es ihnen schwer, die traurige Jugend von heute mit ihrem leeren Lebensweh, ihrer klagenden Stimme, ihrem trüben New Wave, ihren Platituden und eintönigen Looks zu ertragen. Glücklicherweise gab es noch ein paar alte Irre zu bewundern. Unglücklicherweise dozierten die alten Irren. Glücklicherweise würden die spöttischen Heuchler schneller als vermutet älter werden. Unglücklicherweise wäre damit das Problem erledigt.

«Freude wechselt ab mit Schmerz.» Das Leben war eine Bostella Schopenhaueriana. Wenn es gut lief, tanzte man gegen den Verdruss des Glücks an. Wenn es schlecht lief, fiel man um und schlief auf seinen Resten ein. Zur Zeit des House, dieses Patchworks aus alten Hits von James Brown, Otis Redding, George Clinton und Sly Stone, bot sich die Bostella als symbolische Geste an. Die Welt war eine House-Platte geworden, ein

Mahlstrom der Epochen, der Kulturen, der Sprachen, der Menschen und Genres im Rhythmus von Lyn Collins' «Oh yeah». Wir lebten in der Ära des Universalsampling, Kollektiv-Megamix, Permanentzapping. So schlecht war das nicht, wenn man uns bloß gesagt hätte, WER der Discjockey war!

Die Bostella war kein Abbild der Gesellschaft, sondern bot eine Lebensart in zwei Tempi: Allegro und Lamento, abwechselnd bis zur Erschöpfung. House war die Affirmation, Bostella die Rebellion. House war ein moderner Tanz mit Elementen der Vergangenheit; Bostella war ein Tanz der Vergangenheit, der auf das moderne Leben anwendbar war.

Die spöttischen Heuchler zogen die entspannende Sinuskurve dem flachen Elektrobeat vor.

Das erste Mal sah ich Anne, als sie blutüberströmt auf dem Boden lag. Gott sei Dank hatte sie nur ein paar Kratzer, obwohl die Bombe ganz in ihrer Nähe explodiert war – in der Kunstbuchabteilung, um genau zu sein. Zufällig interessierte ich mich zu der Zeit ausschließlich für Porno-Comics, und Anne blätterte in den politischen Essays angesagter Journalisten. Unsere Kulturlosigkeit hat uns das Leben gerettet.

Offenbar hatte die Druckwelle der Explosion alle zu Boden geworfen; Teile von Armen und Professoren der Sorbonne klebten an der Wand; Schreie überall; und Anne, die an die Decke sah und ich, der Anne ansah. Ich hielt sie für tot und bedauerte, dass so viele Feuerwehrmänner um uns herum waren. Unter anderen Umständen, glaube ich, hätte ich die Situation ausgenutzt: Annes Leiche reizte mich. (Ich bin von Natur ziemlich neugierig.)

Bis wir im Krankenhaus waren, haben wir nicht miteinander gesprochen.

«Glauben Sie, dass sie uns lange dabehalten werden?»

«Keine Ahnung, aber es ist ärgerlich, weil ich meinen Wagen in zweiter Reihe vor der Buchhandlung geparkt habe.»

Niemand bekannte sich zu dem Anschlag, und die Polizei hat die Terroristen nicht geschnappt – leider. So werde ich nie den Namen meiner Wohltäter erfahren. Herrgott, ich hätte ihnen schon nicht die 471 Francs für den Strafzettel abgeknöpft!

Meine attentatsbedingte Begegnung mit Anne beschäftigte meine Gedanken in den langen Nächten zwischen den Tagen, die so kurz waren wie ein guter Witz. Ich war besessen von dieser Frau. Sie verwirrte, irritierte, irisierte mich. Ich ärgerte mich, dass ich den Gentleman gespielt und sie nicht nach ihrer Telefonnummer gefragt hatte. Ob ich sie je wieder treffen würde? Da ich sie auf so unkonventionelle Weise kennen gelernt hatte, sah ich wenig Chancen, sie wieder zu finden. Doch ich irrte mich gewaltig. Der Anschlag war noch der ruhigste Kontext, in dem ich sie je erlebte.

Bald hörte ich die spöttischen Heuchler von ihr reden. Allerdings muss ich zugeben, dass ich ziemlich oft über unser Abenteuer sprach. Ich dachte, wenn ich die Geschichte überall herumerzählte, würde ich ihr am Ende doch noch auf die Spur kommen. Ich dramatisierte den Zwischenfall und fügte da und dort noch ein paar übermenschliche Heldentaten hinzu. Wenn man ab und zu ausgeht, fängt man zu schwadronieren an. Immer dieselben Leute, immer dieselben Gespräche. Da dichtete ich mir lieber ein Leben nach meinem Geschmack. Bis zu dem Abend, wo ein alter Kerl mit Doppelkinn mir ins Gesicht lachte.

«Ach, Sie sind das, der über meine Tochter werweißwas in die Welt setzt! Sie hat mich gebeten, Ihnen auszurichten, dass sie Sie in die Ambulanz gebracht hat, nicht umgekehrt!»

Der gute Mann glaubte, er könnte mich ärgern – und machte mich glücklich. Nun wusste ich, wo ich sie finden konnte. Das hat mich eine Flasche Bourbon gekostet: Hinter der getupften Krawatte von Annes Papa hatten ziemliche Mengen Platz. Doch das Ziel rechtfertigt die Mittel, nicht wahr?

Das Dumme war nur, dass ich zu der Zeit nicht allein lebte. Nach einem Jahr guter und treuer Dienste war Victoire zu mir gezogen, und ich hatte mich an ihre Anwesenheit gewöhnt. Wir waren das, was man ein dynamisches junges Paar nennt, das heißt, unsere Egoismen ergänzten sich und die Trägheit der Gefühle brachte uns einander näher. Zu behaupten, ich hätte sie nie geliebt, wäre eine Lüge; sagen wir, meine anfängliche Neigung war nicht, wie ich es erhofft hatte, gewachsen, sondern mit der Zeit, dem Ekel und den tausend Widrigkeiten, die das Leben romantischen Seelen auferlegt, total verkümmert. Das zwang uns zur umfassenden Simulation, im Bett wie anderswo. Unsere Liebe war zu einer Art Baudrillard'schem Hologramm geworden. Das war zwar modisch, aber nicht sehr poetisch. Alles in allem hätte ich *Die Schöne des Herrn* vorgezogen (ich bin mehr Solal als Solipsist). Sie rauchte Marlboro light, trank Cola light und vögelte light (wobei sie paradoxerweise das Licht löschte).

Victoire jedenfalls läutete meinen Abgang ein. Wie schade – sie war schön, groß, hatte Familie, Allüren, ein paar Millionen Pfund Sterling und nichts im Kopf, außer wie sie das Geld ihrer Eltern und die Kraft ihrer Jugend verschleudern könnte. Sie ging jeden Abend aus und stellte keine Fragen, wenn ich später kam als sie. Ihr Vater besaß Wohnungen in allen Metropolen, in London, New York, Banjul, Tokio, Bormes-les-Mimosas. Dabei sind die Häuser der Familie noch nicht mitgezählt. Mit unseren Zweitwohnsitzen hätten wir uns ins Guinness-Buch der Rekorde eintragen lassen können.

Wozu sollte ich mich mit Prinzipien belasten? Es war stärker als ich, ich fühlte unsere Trennung nahen. Ich wollte verliebt sein. Eine fixe Idee, eine abwegige Phantasie machte es mir unmöglich, das harmlose Verhältnis zu verlängern. Etwas sagte mir, dass Anne die Torheit dieser Trennung wert wäre. Eine reiche Erbin könnte ich immer noch heiraten; jetzt wollte ich lieber die Hochzeit meiner Herzensaufwallungen feiern.

Meine ganze Erinnerung an Victoire würde ein großes Fressen sein. Wir hatten dieses Jahr in Restaurants verbracht. Früher lud man Frauen, die man erobern oder behalten wollte, ins Theater, in die Oper oder zu einer Bootsfahrt auf dem See im Bois de Boulogne ein. Heute sind die Theater subventioniert, die Opern bastilliert, und der Bois hat den Großteil seines Zaubers verloren. Du musst also ins Restaurant. Du musst ertragen, wie das Objekt deiner Begierde Kalbsnieren kaut, das Geschöpf deiner Träume zwischen einem Stück Camembert und einem Viertel zerfließendem Brie schwankt, die göttliche Schönheit von intestinalem Gurgeln heimgesucht wird. Geschlinge statt Küssen, Gabelgekratze statt Seelenergüssen.

Was blieb von den verflossenen Lieben übrig? Gastrische Souvenirs. Gloria erinnerte mich an Erdbeertorte mit Sahne, Léopoldine ist einmal fast an einem Melonenkern erstickt, Margarita war nach dem dritten Glas Tavel betrunken. Adieu, ihr Cavatinen! Von Victoire würde ich nur unverdauliche Erinnerungen behalten.

Anfangs dachte ich, dass die Liebe zunimmt (s. Abb. 1). Nach einigen Enttäuschungen begriff ich, dass sie abnimmt (s. Abb. 2, Victoria-Kurve).

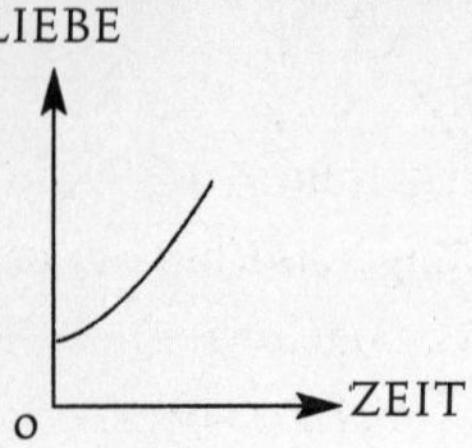

Abb. 1

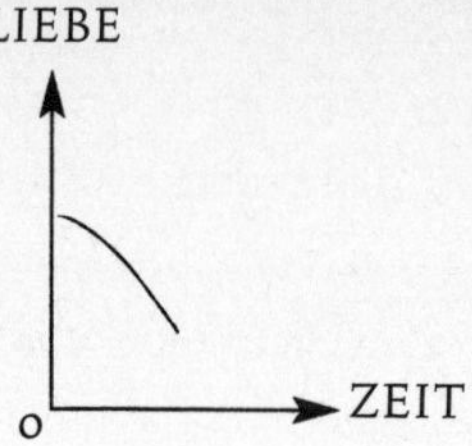

Abb. 2

Vielleicht gibt es noch einen dritten Weg. Ein ungefähr gleich starker Blitzschlag formt sich zu dauerhafter Leidenschaft um, sofern man die Liebe mit Hilfe von Reisen, Trinkgelagen und willkürlichen Szenen (s. Abb. 3) regelmäßig pflegt.

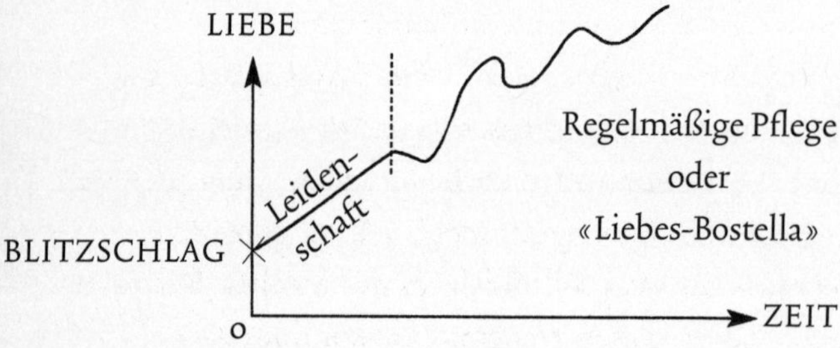

Abb. 3

Schließlich habe ich Anne doch wieder gefunden. Ich tat so, als wäre unser Zusammentreffen zufällig; tatsächlich hatte ich schon eine Stunde vor ihrem Haus herumgelungert, bevor sie endlich erschien. Ich bemerkte ihre schmalen Knöchel und ihre perfekten Augenbrauen, behauptete, ich käme vom Zahnarzt, und sie spielte mit dem Reißverschluss ihres Perfecto. Ich wurde rot (ich kann schlecht lügen), sie auch, wahrscheinlich durch Ansteckung. Alles wurde auf einmal rot auf der Place du Brésil im siebzehnten Arrondissement, um sechs Uhr abends. Die Ampeln schalteten auf Rot, die Rücklichter der bremsenden Wagen leuchteten rot auf, und mir kam es so vor, dass auch die Sonne sich mit Rot überzog.

Übereinstimmend beschlossen wir, dass ihr Vater mich für den nächsten Abend zum Essen einladen würde. Er konnte einen sehr guten Pot-au-feu kochen und hatte meinen Großvater sehr gut gekannt. Außerdem hatte der gute Mann Anne von mir erzählt! Man sollte sich immer mit den Eltern verbünden (außer bei einem Generationenkonflikt; da muss man sich auf eine Seite schlagen; in diesem Fall stellte sich die Frage nicht: Annes Bewunderung für ihren alten, pensionierten Papa, einen Ex-Professor am Collège de France, weisen Säufer und griesgrämigen Philosophen, der sie, seit seine Frau mit einem italienischen Psychoanalytiker durchgebrannt war, der seither im Knast saß, machen ließ, was sie wollte, war offensichtlich.

Unsere Begegnung dauerte keine fünf Minuten und hat sich doch tief in mein Gedächtnis eingeprägt.

Als ich zu Hause war, schloss ich die Augen, um mir die Szene noch einmal zu vergegenwärtigen, Annes Knie, Annes Lippenstift, Annes Hand an ihrem Reißverschluss (alle Verschlüsse reißen). Als ich die Augen vor dem Spiegel wieder aufgeschlagen hatte, sprach ich zu ihnen: «Ergebt euch, ihr seid umringt!», denn es gibt keinen Grund, sich ein spaßiges Sprachspiel zu versagen.

Dann nahm ich den Hörer ab, um Jean-Georges anzurufen und ihm alles zu erzählen, aber Victoire kam ins Zimmer, und ich musste das Gespräch abbrechen. Sie trug Jeans, einen schwarzen Rollkragenpulli und ihre Gleichgültigkeit zur Schau. Der Bruch stand unmittelbar bevor; blieb nur die Frage, wer von uns die Initiative ergreifen würde. Meine Feigheit ließ mich zögern, meine Selbstachtung drängte mich dazu. Ich konnte mich nicht entscheiden. War es nicht ein Gebot der Höflichkeit, Frauen den Vortritt zu lassen?

«Ich gehe mit Elizabeth ins Kino. Kommst du mit?», fragte sie.

«Nein, danke, ich muss noch einen Artikel schreiben.»

Ihre Freundin Elizabeth zog sich an wie eine Klosterschwester, und Kleider machen bekanntlich Nonnen. Ich konnte mir nur zu gut vorstellen, was für eine Art Film die beiden sich anschauen wollten. Danach würden sie Sushi essen gehen und über Samuel Beckett parlieren.

«Ich will möglichst früh schlafen gehen, gib ihr von mir einen Kuss», rief ich Victoire nach, die schon auf der Treppe war, bemüht zu vergessen, dass es mich gab.

Jean-Georges war heiser. Unmöglich, zu Wort zu kommen. Er berichtete mir von seiner letzten Nacht: Nachdem er einige spöttische Heuchler im Bistro getroffen hatte, hatten sie eine kleine Routinetour unternommen, eine Frau getroffen, die von irgendwem schwanger war, und sie nach Hause gebracht. Jean-Georges hatte keinen hochgekriegt, sie hatten angezogen geduscht, sie hatte ihn aus ihrem Zimmer geworfen, er hatte Seifenwasserpfützen in den Fluren hinterlassen und war am Ende auch noch vom Hausmeister und vom Taxifahrer angepflaumt worden. Jetzt tat ihm ein wenig der Kopf weh. Warum ich ihn anriefe? Ich wollte gerade anfangen, ihm von Anne zu erzählen, da unterbrach er mich: Das Fußballspiel fange an, er müsse Champagner für seine Hausbesetzer-Freunde holen, ob es denn so dringend sei? Nein.

Vorbereitungen für das Essen bei Anne. Zögern bei der Krawattenwahl – bloß keinen Fehler machen. Marineblaue Krawatte mit weißen Punkten, weißes Hemd, Zweireiher, keine Kinkerlitzchen. Tasche nein, zu gewagt. Dunkelgraue Flanellhose. Langweilig, aber schlicht. Klassisch, aber mit Klasse. Schuhe mit Doppelschnalle.

Dann der Schock: schwarze Pünktchen auf der Nase, Barthaare, die ein Dutzend Rasuren überstehen, beim dreizehnten Mal der Schnitt. Das Eau de Toilette, das auf den Wangen brennt, das Gel, das die Haare verklebt und die Hände verschmiert. Letzte Minute: Das Haar, das aus der Nase steht, die Augenbrauen zusammengewachsen, die Pinzette verlegt. Ein Blutstropfen auf dem Kragen. Noch einmal von vorn.

Eine Stunde zu spät, und ich muss noch eine Flasche Wein auftreiben. Am Ende habe ich ein rot kariertes Hemd ausgesucht, aber dieselbe Krawatte. Ich sehe aus wie ein Modedesigner. Nicht wie ein Model.

Und es heißt, Frauen brauchten lange für ihre Toilette!

Ich habe mich für den 1986er Mouton-Rothschild entschieden (ich wollte ja zu Freunden). Im Auto hörte ich «Eye Know» von De La Soul.

Ich sang sehr laut mit. Als zwei Passantinnen lachend mit Fingern auf mich zeigten, drehte ich das Radio aus.

Ich schaffte es, einen Parkplatz in der Nähe zu finden. Im Aufzug kämmte ich mich noch einmal, ich hatte Schiss wie vor meinem Französisch-Abitur. Ich wartete mit dem Klingeln, bis ich nicht mehr rot war, und dann: Attacke!

Es war eine Katastrophe. Anne hat über diesen Abend kein Wort verloren. Von Anfang an fühlte ich mich lächerlich overdressed. Ihr Vater hatte seine post-68er Freunde eingeladen: Bluejeans mit Schlag, fettige Haare. Ich konnte in ihren Augen das schnöde Etikett lesen, das sie mir anhängten: verwöhntes Bourgeoisbalg, verstockt, versnobt, verstopft. Oder bildete ich mir das bloß ein? Tatsache ist, dass ich allen, auch Anne, peinlich war. Sie wich meinen Blicken aus und benutzte jeden Vorwand, um vom Tisch aufzustehen. Am Ende fand ich sie sogar weniger süß als die anderen Male. Ich war der Mittelpunkt des Gesprächs: Was ich machte, was ich, «als junger Mensch», von den Ereignissen im Osten hielte, was für neue Trends es gebe ...

Und das Schlimmste: Ich entzog mich nicht, sondern ging in meiner Rolle des verkommenen, dekadenten Reiche-Leute-Söhnchens geradezu auf. In dieser Disziplin bin ich kaum zu schlagen. Je weniger ich etwas bin, desto mehr weiß ich so zu erscheinen; je weniger ich etwas denke, desto besser kann ich es vertreten. Schließlich habe ich nicht umsonst Politologie studiert.

Nach dem Essen musste ich mir die Lektionen der Älteren anhören. Wie? Ich hatte nicht die unerlässlichen Bücher gelesen: *Von der Nutzlosigkeit des Ganzen, Die sodomitische Versuchung, Am Siedepunkt der Literatur, Fouet und die Moderne*? Was? Politik langweilte mich, der Libanon-Krieg war mir ein Rätsel, ich wollte meine Eltern nicht umbringen, ich hatte nie Opium probiert, nie homosexuelle Erfahrungen gemacht, das Werk Michel Tourniers sagte mir nichts, ich nahm keine Beruhigungsmittel, ich trug Krawatten und gehörte nicht einmal der extremen

Rechten an?! Alles gähnte, auch Annes Dekolleté; ich sah eine ihrer Brüste; also war ich doch nicht umsonst gekommen.

In dieser Nacht schlief ich zum letzten Mal mit Victoire. Wir hatten etwas nachzuholen. Wenn schon kleinlich, dann aber richtig. So verdirbt man – nicht nur den Brei.

Die Stunde des Schicksals hatte geschlagen. Ich fand eine Nachricht von Victoire im Flur. «Lass uns heute zusammen bei Faugeron essen. Ich muss mit dir reden.» Ein gutes Zeichen: Bei Henri Faugeron gab es hervorragende Entenbrust. Ich würde hingehen: lieber die Ente essen als einen Bock schießen.

Anne rief noch am selben Nachmittag an, um mich zu fragen, ob ich mich nicht zu sehr gelangweilt habe bei ihrem Vater. Beweis ihrer Hellsicht. Jedenfalls war sie eine bessere Psychologin als ich, der sich schon für geliefert hielt. Ein Glücksfall kommt eben selten allein.

Zwischen mir und Victoire war es aus – das wurde mir klar, als sie bei Faugeron hereinkam. Genau zwölf Minuten zu spät, wie üblich. So hatte ich Zeit, den Whisky sour zu testen. Nicht schlecht: mehr Whisky als sauer. Gutes Restaurant: Die Weingläser waren größer als die Wassergläser.

Frauen lassen sich nach ihrem Duft einteilen. Manche erinnern dich an eine andere. Manche stinken – ihr Duft eilt ihnen voraus wie ein Marktschreier. Manche erinnern dich mit ihrem Duft an einen provenzalischen Dorfplatz und Tomaten-Mozzarella-Salat, von dem man nur den Mozzarella isst. Muss ich noch eigens erwähnen, dass Victoire nicht mehr zur dritten Kategorie zählte?

Je länger sich das Essen hinzog, desto größer wurde meine Gewissheit: Unsere Liebe hatte sich aufgelöst wie eine Alka-Seltzer-Tablette in Leitungswasser. Und mit der gleichen heilsamen Wirkung.

«Was ich dir sagen will, ist nicht sehr angenehm, Marc ...», begann Victoire.

«Wo gibt's hier Pfeffer und Salz?»

«Dieses Leben bringt uns nicht mehr viel, glaube ich ...»

«Scrunch, grmpff, knirsch» (die Entenbrust hatte ein Zucchinigratin als Beilage).

«... weiß unsere gemeinsamen Erfahrungen zu schätzen ...»

«Herr Ober, noch so eine Flasche, bitte!»

«... weiß nie, was dir durch den Kopf geht ...»

«Gluck-gluck-gluck» (Haut-Brion 1975, der verschollene Wein von Matzneff).

Wegrennen nützt nichts, man muss einfach gehen. Ich stand also ganz langsam vom Tisch auf, fuhr mir mit der Hand durch die Haare, leerte mein Glas, goss den Rest der Flasche über den Hund der Dame am Nebentisch und sagte zu Victoire, ich müsste telefonieren und käme gleich zurück; diese Lüge, die es mir ersparte, die Rechnung zu bezahlen, habe ich nie bereut.

Das sind die beiden schlimmsten Sätze überhaupt: «Ich muss mit dir reden» und «Lass uns Freunde bleiben». Und das Merkwürdigste daran ist, dass sie immer zum Gegenteil führen und das Gespräch wie die Freundschaft beenden.

Ich will hier nicht den Hartgesottenen spielen, aber ich finde, dass ich mein kurz zurückliegendes Zölibat, das ich weitgehend vorhergesehen und teilweise provoziert habe, ganz gut überstanden habe. Gut, ich habe vielleicht der Form halber zwei, drei Mülleimer umgetreten. Victoire hat mich weggeworfen wie eine alte Socke (Kleenex, Pariser oder gebrauchter Tampon zur Wahl). So etwas passiert eigentlich nur in schlechten Romanen. Sie sollten wissen, dass es mir nicht leicht fällt, das niederzuschreiben.

So kam es, dass mein Schicksal mit quietschenden Reifen vor mir hielt. Anne muss mich gehört haben, oder hatte sie dieses Buch schon gelesen? Sie lud mich jedenfalls auf ihren Motorroller ein. Mit ihrem schnittigen Kostüm und ihrem Walkman hätte sie gut als gestresste Geschäftsfrau durchgehen können, aber gestresste Geschäftsfrauen hören nicht Johann Sebastian Bach und rasen bei Rot (und sogar bei Grün) über alle Ampeln. Ich bereute es bald, ihr Angebot nicht abgelehnt zu haben. Sie fuhr wie eine Geisteskranke. Ich sagte es ihr.

«Warum beschleunigst du ausgerechnet dann, wenn die Ampel auf Rot springt?»

«Aber nein, es war doch gelb!»

Es handelte sich also um eine Form von Daltonismus, ganz banal und trotzdem tödlich.

«Tut mir Leid mit dem Abendessen letztes Mal», schrie sie (sie hatte ihren Walkman wieder aufgesetzt). «Ich wusste nicht, dass Papa seine Freunde anschleppt.»

«Aber es war doch grandios, ich schwörs dir, ich habe mich großartig amüsiert, AUFPASSEN, FUSSGÄNGER, DAAA, BREMSEN!»

«Nur die Ruhe!»

Ich war die Ruhe in Person – den Rest der Fahrt hielt ich die Augen geschlossen. Sie fuhr zu Castel, und es war mir recht, ich hätte ohnehin keine Wahl gehabt.

Lieben ist Handeln», sagte Victor Hugo. Es schien mir angebracht, diese Regel des alten Playboys zu befolgen. In der Bar würde ich Gelegenheit haben, sie betrunken zu machen, nicht nur mit Worten. Ich versuchte sie möglichst oft zum Lächeln zu bringen, da ich ihre Zähne so hinreißend fand. Die Zeit mit ihr verging wie im Flug.

Drinnen spielte ich den Idioten. Der Club war voll von Berühmtheiten, Trunkenbolden, Angebern, Schriftstellern, Huren und Treibtätern. Die übliche Kundschaft eben. Ich nötigte Anne zum Tanzen und ließ sie stehen, um ein paar Freunde zu begrüßen oder vor ihren Augen hübsche Mädchen zu umarmen. Ich wollte sie verblüffen und konnte sie doch nur enttäuschen. Ich fühlte es, trieb mein Spielchen aber weiter, weil mir nichts Besseres einfiel und mein Hirn sich allmählich vernebelte. Nur ich bin schuld, dass geschah, was geschehen musste: Anne beschloss die Nacht am Hals eines Gnoms. Ich habe gesehen, wie sie einander küssten und ausführlich Zungen und Speichel vermischten. Adieu, ihr Hasen, Katzen, Schweinereien. Anne, meine Schwester! Und ich habe es nicht kommen sehen. Etc.

An diesem Abend habe ich einen neuen Cocktail erfunden, den «Case Départ»: ein Drittel Wodka, zwei Drittel Tränen.

Ich schlief bei offenem Fenster. Ich schnarchte, die Katze auch, der Kühlschrank auch. Ich fror, die Katze auch, der Kühlschrank auch. Eigentlich konnte ich gar nicht richtig schlafen, die Katze auch nicht, der Kühlschrank auch nicht. Dann bin ich aufgestanden, um das Fenster zu schließen; Haustier und Haushaltsgerät interessierten mich nicht mehr.

«Anne, ich rede ungereimtes Zeug, und auf diesem Zeugnis will ich meine Reime bauen.»

Das ist von mir.

Zwei vergeigte Lieben in zwei Tagen, das reichte. Zeit, das Weite zu suchen. Und wirklich, die spöttischen Heuchler machten Urlaub. Jean-Georges hatte einen Ball in Wien aufgetan. Außer ihm war zwar keiner von uns eingeladen, aber von solchen Kleinigkeiten ließen wir uns nicht aufhalten. Ein Ball in Österreich, das war genau die Kur, die ich brauchte. Ein Rausch unter Geistern, und man tickt wieder richtig. Ich war ja selbst fast ein Gespenst …

Zweiter Teil

Abfahrende

Züge

«Reisen bildet die Jugend
und beult die Hosen.»
Max Jacob

Liste der erörterten Gesprächsthemen auf der Reise: der exorbitante Preis für ein Bier im Zug, der letzte San Antonio (*Fellkuchen auf Bestellung*), Hass auf die Werbung und deren Macher, wer mit wem geht, der letzte Fellini, Victoire (Ach! Es ist aus zwischen euch?), die Idioten, die die Wursthaut nicht mitessen, rund fünfzig Busen, wer wen verlassen hat, das Werk Knut Hamsuns, Hass auf die Typen in Tennissocken, unsere toten Freunde, unsere verheirateten Freunde, unsere Vater gewordenen Freunde, Anne (Wer ist denn das? Kennen wir die?), Hass auf Magritte, Buffet, Vasarély und Caesar, Selbstmord, Mord, die nächsten Feste, Casanova, Don Juan, Roger Vadim, die Frauen, die sich nie schminken und die, die sich zu viel schminken, Smokingschärpen, die griechischen Sandwiches in der Rue Saint-Denis, «Das Leben ist ein Karneval / und die Welt ist ein riesiger Ball / auf dem wir unser Tänzchen wagen / und ständig eine Maske tragen» (Georges Guétary in *Carnaval*), *La Traviata*, Rap, Gras, Sekten, Gin Tonic, Gin Rommé, löchrige Jeans, große Titten, Südamerika, die Bucht von Rio, Stan Getz, Cabrios, der Alkotest, der Ball in Wien mit dem Motto: *Valmont is back*, Kleidung aus dem 18. Jahrhundert Pflicht, fünfhundert Gäste, auf Schloss Rosenburg, zwanzig Minuten südlich von Wien und Franzosen als Gastgeber!

Stockbetrunken steigen wir aus dem Zug, eine Viertelstunde nach dessen Ankunft am Wiener Westbahnhof. Auf der Suche nach einem Hotel irren wir durch die Stadt und verschrecken die Eingeborenen. Wir sind betuchte Hooligans geworden, das klingt noch besser als spöttische Heuchler. Wir entern einen Autobus *in petto, sine die* und *manu militari*. Jean-Georges schreit «Heil Kurt Waldheim!» und schläft im Schoß einer alten Dame ein. Wir fliegen aus dem Autobus *a priori, ipso facto* und *ex abrupto*. Jean-Georges lässt nichts aus. Ein paar von uns (darunter ich) haben Lust, ihn zu verlatten.* Aber er hat Glück – unsere Kopfschmerzen sind zu stark. Ich fasse die folgenden Ereignisse kurz zusammen: Taxi, Hotel, Bad, Aspirin, Kleiderwechsel, Taxi, Auftritt auf dem Ball. Lädiert, aber richtig ausstaffiert.

* Verlatten, trans. Verb (1288, von Latte). Mit Latten verschlagen (Petit Robert); *par. ext.*: Jemandem mit Fußtritten die Fresse polieren (Anm. d. Autors)

Ich liebte alles in Wien. Besonders Annes Waden, die leider in Paris verblieben waren. Dennoch erwies sich dieser Kostümball als wirksames Mittel gegen meine Melancholie. Man muss sagen, er fing schon unter guten Vorzeichen an, weil man uns einließ, ohne Fragen zu stellen – was ein besonderes Savoir-vivre bewies oder dass sich die Kosten für den Kostümverleih gelohnt hatten? Die Einladungskarte forderte die Kleidung der Libertins im Jahrhundert der Aufklärung; wir folgten ihr auf Biegen (aber nicht auf Brechen).

Ich fühlte mich in Form, obgleich behindert von Jabots und gepuderten Perücken. Wer Libertin sein will, muss eben leiden.

Ein schönes Fest erkennt man schon bei der Ankunft. Wie viele Male wollte ich zwei Sekunden nach dem Betreten eines düsteren Salons auf dem Absatz kehrtmachen, weil ich das Fiasko roch! Und meine Ahnungen haben mich nie getrogen; anschließend grübelte ich immer lange über diesen richtigen Reflex, den ich heuchlerisch unterdrückt hatte, um auf einem social flop private jokes und pushy name dropping über mich ergehen zu lassen. Die Engländer haben bestechende Idiome für solche Idiotien.

Der Wiener Ball dagegen raubte dir auf den ersten Blick den Atem. Kerzen erhellten die Fassade des Schlosses, der Park schimmerte von tausend leuchtenden Pünktchen. Als ihr ankamt, wurden eure Schritte von einem Streichquartett mit einem bezaubernden Allegro von Mozart beschwingt. Sämtliche Gäste waren prunkvoll kostümiert. Louis XVI war da, auch Marie-Antoinette, aber – wie damals – nicht mit ihm. Von ein paar bedauerlichen Anachronismen abgesehen (Richelieu stand in einer Ecke und stopfte Petits Fours in sich hinein, Napoleon Bonaparte traute sich gar nicht erst hervor), glaubte man sich wirklich um zwei Jahrhunderte zurückversetzt. Da ich diese Epoche aber leider nicht kennen gelernt habe, erinnerte mich das Ganze eher an die Filme von Miloš Forman.

Die Leute ließen sich auf das Spiel ein; einige fingen sogar altfranzösisch zu sprechen an und sagten Sachen wie: «Dieß Fest behagt mir wohl, Ihro Gnaden» oder «Ihr erhitzt meine Sinne, Werteste, ich will Euch gleich abermals pudern», was dem Gemälde eine grelle Wirklichkeit verlieh, wenn man so sagen kann. Allenthalben Gelage, Ausschweifung, Wetttrinken unter Rotweinfässern, Buffetschlachten (wiewohl mit Estragon gebraten, flogen die Wachteln weiter durch die Lüfte) und Jagden auf Marquisen um Tische und Gebüsche.

Drinnen nahm der Ball das ganze Erdgeschoss ein. Ein pedantischer Historiker wäre empört gewesen: Man tanzte weniger Menuett als Acid House. Wenn Valmont tatsächlich zurückkehrte (aber ist er je von uns gegangen?), hätte er wohl keine großen Probleme, sich an die modernen Tänze zu gewöhnen, die grosso modo auch nichts anderes sind als Varianten der mittelalterlichen Bourrée.

Einige Paare wagten sich in die oberen Etagen vor, aus architektonischer Wiss- oder anderer Begier.

Manche schliefen, andere gingen, brachten sich um oder stürzten sich ins Gespräch. Ich hatte Mühe, mich einer Marquise de Merteuil zu entledigen, die noch erregter war als die echte. Dauernd fragte sie mich, ob ich nicht wissen wollte, wie viele Röcke sie trage. Ich tat so, als verstünde ich kein Englisch, und verschwand, als sie begann, sich umständlich zu entblättern. Im Garten war man inzwischen bei den Dessertscharmützeln. Ich konnte um Haaresbreite einem Himbeerbaiser ausweichen und kam mit ein paar Spritzern Erdbeersauce auf meiner güldenen Hemdbrust davon. Man soll ja wild und gefährlich leben.

Die betuchten Hooligans waren unterdessen zur offenen Gefechtsordnung übergegangen. Einer hatte ein paar Champagnerflaschen mitgehen lassen, die unter dem Buffet standen, und begoss zwei Tourvels, die sich fragten, welche von beiden die andere imitierte. Ich fand eine weitere, die sich mit dem künftigen König von Belgien in eine hitzige Diskussion über die Echtheit eines auf der Tanzfläche gefundenen Büstenhalters verstrickt hatte. Dann stieß ich auf Anne-Marie, eine junge Deutsche, Habsburger-Cousine, neben der ich im Vorjahr im Les Bains zu Abend gegessen hatte. Sie fragte mich nach Koks. Sie konnte nicht älter als siebzehn sein, aber in diesen Ländern ist man in dem Alter ja schon recht erfahren. Ich hatte keins; sie nahm dann gnädig eine Schale Champagner an, während ich ein volles Glas Wodka kippte. Mein Ruf war gerettet.

Ich folgte ihr in den französischen Garten, und als wir zurückkamen, war mein Vaterland gerächt. Inzwischen waren fast alle weg. «Die Österreicher gehen immer früh zu Bett», sagte Jean-Georges, der seine Uhr zerbrochen hatte.

Zufälligerweise wohnte Anne-Marie in einer Suite des Palais Schwarzenberg. Ich ließ mich also nicht lange bitten und nahm ihre Einladung an. Wie alle verzogenen Kinder gebe ich mich gern als Nestbeschmutzer, pflege aber die Gewohnheiten der Neureichen. Wir mussten nur auf Zehenspitzen gehen, um ihre Eltern nicht zu wecken.

Wir hatten einen glatten Abgang durch den Abraum. Schatten im Halbschatten, glitten wir durch die Nacht. Obwohl es nicht so aussieht, konnte man sich auf dieses Abenteuer durchaus einen Reim machen.

Alles wurde mir auf dem Tablett serviert, und als das Frühstück kam (auch auf dem Tablett), hatte Anne-Marie einen neuen room-mate. Ich war schockiert, wie sehr ihre Eltern sich freuten, so als hätte ich eine arme Scheuche gevögelt. Dabei stimmte das gar nicht: Anne-Maries Gesicht war nicht sehr einnehmend, dafür aber ihre Titten, und zwar mit einem Umfang von 92 Zentimetern, Körbchengröße C – Qualitäten einer *Frau mit Eigenschaften*.

Anne-Marie hat zweimal Rührei mit Trüffel nachgenommen, weil ich meine Portion stehen gelassen hatte. Wie sie (die Rühreier) konnte man mich mit dem kleinen Löffel abkratzen. Ich begnügte mich mit einem Glas Wasser und beobachtete zwei Tabletten Guronsan, die sich langsam darin auflösten. (Guronsan ist Koks aus der Apotheke.) Anne-Marie plauderte und stellte den Fernseher an, und ich war böse auf mich, weil ich so eine klägliche Figur abgab. Sicher würde sie ihre Familie über die bedauernswerte Verfassung und die schwache Widerstandskraft der französischen Nation unterrichten. Ihr Vater saß lächelnd am Tisch und schwadronierte über die deutsche Wiedervereinigung. Daran war gar nicht zu denken, ich hatte Sodbrennen. Glücklicherweise trug ich keinen Pyjama, sonst hätte ich glatt als Charlotte Rampling im

Der Nachtportier durchgehen können. Österreich schien mein Verfolgungsgefühl zu steigern. Ich begann, Thomas Bernhards inneres Exil zu verstehen.

Um vier Uhr nachmittags suchte ich die Hooligans in ihrem Hotel auf. Es betrübte mich, sie da zu viert in einem Doppelbett zu sehen. Von den Wänden ihres Zimmers troff weißer Schaum – sie hatten mit den Feuerlöschern gespielt.

Ich machte das Fenster auf, um den Gestank von Kohlendioxid, getrocknetem Champagner, Hot Dog und kalter Asche hinauszulassen. Licht strömte ins Zimmer, und das Geschimpfe ging los.

«Auf! Auf!», befahl ich wie ein Brigadier meiner Schwadron im 120. Nachschubregiment.

Wir flanierten durch Wien, waren aber nicht mehr mit dem Herzen bei der Sache. Tage nach Festen sind öde. Die Kaffeehäuser hatten sämtlich geschlossen. Was für eine merkwürdige Manie mancher Völker, am Sonntag nicht zu arbeiten! In Paris sind am Tag des Herrn alle Geschäfte geöffnet. Wien war eine Geisterstadt. War etwa uns zu Ehren eine Ausgangssperre verhängt worden? Anscheinend hatten sich alle Einwohner hinter ihren vanille-erdbeerfarbenen Fensterläden verbarrikadiert. Es war nicht einfach, zum Bahnhof zu kommen. Im Vergleich dazu muss der Rückzug aus Russland ein Spaziergang gewesen sein.

Jean-Georges sprudelte über vor literarischen Anspielungen. Er verquirlte Zweig, Freud, Musil, Hitler und Schnitzler zu einem Mahlstrom ungepflegter Schulmeisterei. Und vergaß meine Lieblinge: Hofmannsthal und Niki Lauda. In einem Punkt allerdings hatte er Recht: Wie wir waren diese großen Männer hier nie wirklich zu Hause. Einer erfand ein Wortspiel über den «Pont Mirabeau» von Apollinaire («VIENNE la nuit – Wien in der Nacht usw.») und ich musste plötzlich kotzen. Es war wirklich schlimmer als der Russlandfeldzug. Dort ist man gestorben, aber man ergab sich nicht.

Abends nahmen wir den Zug zurück.

Dritter Teil

Die künstlichen Paradiese

«Nur Gott ist überall.
Und danach kommt
gleich James Brown.»
James Brown

Früher hieß so etwas «Kristallisation». Ich würde jetzt «Flash» dazu sagen, denn man soll ja mit der Zeit gehen. Anne war meine fixe Idee. Unfähig, meine Gefühle zu verbergen, hatte ich Jean-Georges von ihr erzählt, und er hatte mir höflich zugehört und sogar ein paar Ratschläge erteilt: Ich solle nie «Ich liebe dich» zu ihr sagen, ihr nie die Liebesbriefe schicken, die ich ihr Tag und Nacht schrieb, mich gründlich rasieren, zu trinken aufhören, stets saubere Haare haben, sie nie anrufen, aber immer wie zufällig dort auftauchen, wo sie auch war, immer höflich sein, lustig, galant, gut angezogen ... und warten, weiter warten, auf das Warten warten. Anne würde die Entscheidung treffen. Das war vielleicht reine Zeitverschwendung, aber es gab keine andere Lösung.

Meine Tage ließen sich gut an. Ich stand auf, putzte mir die Zähne, trank eine Tasse Kaffee und brachte jemanden um. Ich brauchte nur aus dem Fenster zu sehen – die Straße war voll nutzloser Kranker, die nur auf meinen Gnadenstoß warteten. Ich formte mit beiden Händen ein Gewehr und zielte ruhig. Mein Zeigefinger zitterte nicht, als ich den Hahn zurückzog.

Marc Marronnier, der grässliche *serial killer*, der furchtbare *mass murderer*, der schreckliche *sex maniac*, der berühmte *night clubber*, hatte wieder zugeschlagen. Die ganze Polizei war ihm auf den Fersen. Laboratorien analysierten wissenschaftlich seine Haare. Er brach in ein sardonisches Gelächter aus. Konfetti schwammen in seinem Glas Cidre. Auf seiner Waschmittelpackung las er «Genie ohne Kochen». Nur Waschmittel können sich so etwas leisten.

Auf einmal wars mir egal, nicht zu wichsen.

Auf einmal wars mir egal, nicht auf dem Trip zu sein.

Auf einmal wars mir egal, nicht Mick Jagger zu sein.

Auf einmal wars mir egal, den Text der *Bohème* nicht auswendig zu können.

Auf einmal wars mir egal, nicht mehr Nägel zu kauen.

Auf einmal wars mir egal, nicht mit Roland Barthes geschlafen zu haben.

Auf einmal wars mir egal, nicht mehr zu baggern.

Auf einmal wars mir egal, mein Foto nicht in den Zeitungen zu finden.

Auf einmal wars mir egal, nicht zum Friseur zu gehen.

Auf einmal wars mir egal, nicht zu essen.

Auf einmal wars mir egal, nicht zu trinken.

Auf einmal wars mir egal, nicht auszugehen.

Auf einmal wars mir egal, nicht zu schreiben.

Auf einmal wars mir egal, nicht zu sterben.

Auf einmal Anne.

Mein Überschwang machte mich lachen. Ich hatte endlich das Gefühl, mit meiner Zeit im Einklang zu sein. Allenthalben Revolutionen, warum also nicht auch in mir? Es war die Rede vom Ende der Geschichte. Meine kam wieder in Gang. Das Ende der Ideologien hatte eine Ideologie des Endes hervorgebracht. Der Kult des Sturzes regierte. Nur was schlecht ausging, war gut. Quatsch!

Nehmt euch in Acht vor euren soften Idealen, ihretwegen ist meine Gier so hard. Mein Weckruf ertönt. Aus dem Weg, jetzt komme ich! Man wollte schlappe Waschlappen aus uns machen, und eine stürmische, sexuelle, revolutionäre, verliebte Generation bricht sich Bahn. Wer hat gesagt, dass die Geschichte sich nicht wiederholt?

Inzwischen war ich emsig damit beschäftigt, Boden zu gewinnen: Kaum steckte Anne ihre Nase nach draußen, stieß sie an meine. Sie ging auf eine Ausstellung – ich scherzte schon mit dem Maler. Sie nahm Platz, um sich eine Modekollektion anzusehen – ich bat sie auf eine Schale Champagner in die Loge. Sie flog zum Festival nach Cannes – ich saß im selben Flugzeug. Ich wollte nicht aufdringlich sein, drängte aber gleichwohl sehr. So ist mein Leben, eine Folge verfrühter Ergüsse; ich konnte mich eben nie hindern am Leben (klingt fast wie ein berühmtes Chanson).

Es ist unbegreiflich. Ich habe Anne zufällig auf der Housewarming-Party einer Freundesclique getroffen. Es war sehr spät, die Luft knisterte vor Spannung. Ich habe sie sofort erkannt und begann an allen Gliedern zu zittern (inklusive dem mittleren). Ihr müsst es nicht glauben, aber kaum hatte sie mich gesehen, hörte sie auf zu tanzen, kam langsam auf mich zu, nahm mich bei der Hand und zog mich in ein Zimmer. Dort drückte sie mir die Hand noch fester und küsste mich auf die Lippen, ganz sanft, wie im Kino. Dreimal. Und ging. Ich musste daran denken, wie Jean-Pierre Léaud fragte, ob Frauen magische Kräfte hätten.

Statt zu denken, hätte ich besser Anne hinterherlaufen sollen – wie war das möglich? Ich stellte die ganze Wohnung auf den Kopf, aber sie war und blieb verschwunden. Ich konnte nicht sagen, ob es ein Traum war oder nicht. «O Herr, gib, dass es kein Traum war!» Verrückt, dass man in solchen Augenblicken gläubig wird.

Und der Tag brach an.

Es war kein Traum gewesen. Am nächsten Tag rief Anne mich an. Guter Rat kommt über Nacht. Sie hatte also nicht zufällig, im Eifer des Gefechts, sondern wohl überlegt gehandelt. Sie versicherte mir, sie sei nicht betrunken gewesen. In Paris gibt es also Frauen im Vollbesitz ihrer Kräfte, die Männer überraschend küssen. Mindestens eine in jedem Fall. Das genügte mir. Ich war nie sonderlich bulimisch in dieser Hinsicht. Sagen wir, ich habe aus der Not eine Tugend gemacht, was eine leicht entflammbare Romantik ja nicht ausschließt.

Ausgehend von diesem wohltuenden Anruf, gelang es mir, die Validität meiner o.a. Kurve (s. Abb. 3, S. 30) zu verifizieren. Was die anderen Kurven angeht, widmete ich mich hingebungsvoll ihrer Inventur. Unsere Leidenschaft war wirklich schwalgend, verbordend und glastend. (Wörter sind so unbrauchbar, unsere Erlebnisse zu beschreiben, dass ich mir erlaubt habe, neue zu erfinden.)

Ich liebte an ihr:

- ihre Waden (wie gesagt)
- ihre Komplimente (die mich erröten ließen)
- ihre Art, sich durch die Haare zu fahren (mit gespreizten Fingern)
- ihre Kochkunst (tiefgefroren)
- ihre Röcke (kurz)
- ihre Wirbelsäule (besonders, wenn sie sich neigte)
- ihr Lachen (über meine Witze)
- ihre Salzfässchen (oder Schlüsselbeine)
- IHRE HAUT

und dass sie mir Lust machte, solche Listen zu machen.

Ich habe mir ein Gewehr mit abgesägtem Lauf gekauft. Keine Ahnung, was mich dabei ritt. Ich weiß dieses Instrument weder zu bedienen, noch weiß ich, wozu es gut sein sollte: Ich bin von eher ruhigem Naturell, und meine Feinde kann ich an den Fingern einer Hand abzählen. Außerdem hat mich das Ding ein Vermögen gekostet. Aber ich sehe es an, und es ist schön.

Es reißt einem Menschen auf fünfzig Meter den Kopf ab.

Wir blieben im Bett, ernährten uns ausschließlich von Stopfleber und Coca-Cola (Anorexie ist ein Hedonismus) und guckten bis zum Sendeschluss Video-Clips im Fernsehen. Manchmal aßen wir auch Pistazien, doch davon bekam ich Aphthen. Was noch? Wir lernten die Dialoge von Michel Audiard auswendig, klauten auf Empfängen Gläser, fuhren schnell, hörten dabei Cat Stevens, «Peau d'Ane» von Michel Legrand, Sarah Vaughan und glaubten, dass nichts uns aufhalten und man ungestraft glücklich sein könne. Wir hatten noch nicht E. M. Cioran gelesen: Wir waren anbetungswürdig.

Die Katze weckte uns, weil sie ihr Mittagessen wollte. Liebe gegen Fressen – ich schätzte die klaren Verhältnisse zwischen uns. Zweifellos beruhten unsere Beziehungen auf gesünderen Grundlagen als die der meisten Menschen. Kaum hielt ich ihr die Schüssel hin, begann sie zu schnurren – jedem das seine.

Ich war gut gelaunt und fand es grauenhaft. Alles machte mich lächeln, ständig pumpte ich meine Lunge mit Frischluft voll. Ich musste sogar bei einer Soap-Opera heulen. Lebensfreude war noch nie meine Stärke. Reiser fand glückliche Menschen zum Kotzen. Ich bin ganz seiner Ansicht, schade, dass er dran gestorben ist.

Anne brachte mir Croissants mit, ich habe nicht geschnurrt, aber ich dachte mir mein Teil. Dann gab es Küsse auf ihre Augen in jedem Zimmer und Liebeserklärungen, vor allem im Schlafzimmer. Warum hätte ich in dem Moment, da Anne WAHRHAFTIG die schönste Frau der Welt war, es ihr verschweigen sollen?

Wir waren so süß. Wir tranken Williamsbirne.

Oder wir haben im Hafen von Socoa Champagner vernichtet: Moët mit Möwen.

Ich hatte Glück – Anne ertrug mein Geschwätz.

So ging es lange Zeit, und ich ging immer weniger aus.

Liebe ist nicht berechnend. Oder doch: Sie rechnet nach Tagen, Stunden, manchmal Minuten. Einmal ließ Anne zwei Tage lang nichts von sich hören, und ich bin in der Zeit um zehn Jahre gealtert. Ich habe mein Telefon belauert, es auseinander genommen und wieder zusammengebaut. Die Gesellenprüfung zum Telefonmechaniker hätte ich locker bestanden. Endlich kam Anne. Ihr Vater war im Krankenhaus.

Und ich konnte ihr nicht einmal den Kopf waschen!

Wenn ich geahnt hätte, dass eine Szene des Romans in Venedig spielen würde, hätte ich mich wahrscheinlich nicht so schnell der Literatur zugewandt. Venedig ist eine Stadt für Betriebsräte, Gondoliereliebhaberinnen und Literaturstudenten in Cordsamtjacken. Und der einzige Ort, an dem es schicker ist zu sterben, als auf einen Ball zu gehen. Aber Anne wollte gern hin, weil ihr Vater Wert darauf legte, dass sie ihn bei seinem alten Freund, dem Prinzen von G., vertrat. Wir nahmen also den Nachtzug. Geschlafen haben wir wenig; der Orientexpress ist auch nicht mehr das, was er einmal war. Aber kaum waren wir im Excelsior, fiel ich in tiefen Schlummer.

Als ich aufwachte, war es dunkel. Anne war verschwunden, aber es kam noch schlimmer: Ich hatte meine Manschettenknöpfe in Paris vergessen. Als ich in die Eingangshalle hinunterging, wischte ich diskret die paar Schuppen weg, die die Schultern meines Smokings sprenkelten. Ein bisschen mehr Würde, verdammt! Hatte Tadzio etwa Schuppen?

Anne erwartete mich in der Bar Gritti. Wenigstens behauptete sie das in der kurzen Nachricht, die sie mir an der Rezeption hinterlegt hatte. Nach Auskunft des Portiers hatte sie das Hotel vor gut zwei Stunden verlassen. Ich drückte ihm einen Tausend-Lire-Schein in die Hand. Man sollte die bedrohte Profession der Doormen unterstützen: Immerhin ist es ihr gelungen, die ehrwürdige Tradition der Spionage und Denunziation aufrechtzuerhalten. Außerdem ist sie ein Beruf, der Türen öffnet.

Die schmalen Straßen wimmelten von Möchtegerndichtern und Touristen in Shorts. Genauso gut hätte man aber auch sagen können: Auf dem Markusplatz sind viele Tauben.

Natürlich war Anne nicht da. Kein Grund, auf einen kleinen Bellini zu verzichten. Und auf einen zweiten, dritten, vierten ... ach, Anne, da bist du ja, wo hast du denn gesteckt? Sie hatte ein hinreißendes Kleid an, und ich stieß mein Glas um.

Wir kamen zu spät zum Ball, also genau richtig. Der Palazzo Pisani Moretta strahlte in der eisigen Nacht. Tausende Sterne versanken im Canal Grande. Ich schrieb auf eine Streichholzschachtel: «Auf dem *Vaporetto* war Anne allegretto.» Nachdem das gesagt war, wurde ich meines Lebens auch nicht mehr froh.

Beim Anblick des Buffets fiel mir auf, dass ich seit vierundzwanzig Stunden nichts gegessen hatte. Während ich mit einem Dutzend Lachskaviarbrötchen abrechnete, tanzte Anne schon mit einem berühmten Schauspieler Walzer. Davon bekam ich Durst. Mit dem Champagner in der Hand schlenderte ich durch alle Stockwerke, versunken in die Betrachtung der Lüster, der Fresken, der Dekolletés und des Champagners, der mir über die Hand in den Ärmel rann.

Schließlich kannte ich alle. Unter anderen Jean-Georges. Er tanzte Farandole mit Harlekinen und bewarf die Confestanten mit Konfetti. Die Baronesse von R. saß auf den Schultern von Charles-Louis d'A., das Kleid bis zu den Oberschenkeln hochgerafft. Dann war da noch der Couturier Enrico C., der auf einem Tisch Sirtaki tanzte, während S. K. H. Prinz von G. hinter die Vorhänge pisste. Françoise S. erbrach sich aus dem Fenster. Guillaume R. und Matthieu C. waren auf dem Fußboden eingeschlafen, und als ich über ihre reglosen Körper stieg, fiel mein Blick auf sie.

Sie trug ein Seidentuch in den Haaren. Sie diskutierte mit dem Butler und nippte an ihrem Glas. Sie musste oft blinzeln, weil sie seitlich von einem rosa Scheinwerfer angestrahlt wurde. Sie lächelte ohne erkennbaren Grund. Anne leben zu sehen war zu meinem liebsten Zeitvertreib geworden. Eine Welle der Zärtlichkeit überrollte mich. Und versandete gleich wieder, als ich sah, wie der berühmte Schauspieler ihr den Arm um die Taille legte und sie in einen kleinen Salon entführte.

Ich folgte ihnen auf dem Fuße. Der Einfluss des Alkohols steigerte meine Eifersucht. Anne lachte und ließ die Hand des Schauspielers widerspruchslos nach oben und nach unten wandern. Sie nahmen auf einem Sofa Platz, das zu weich war, um anständig zu bleiben. Was tun? Einschreiten? Das verbot mir mein Stolz. Also entschied ich mich für die miesere Methode und setzte mich gegenüber an einen Tisch, wo sich gerade eine gute Freundin von Anne, Estelle, von einem halben Dutzend akrobatischer Sprünge und etwa ebenso vielen spektakulären Steißstürzen erholte.

«Wie gehts?», fragte ich und näherte mein Knie dem ihren.

«Uff, ich glaube, ich hab ein bisschen viel getrunken ...»

Das war mehr, als ich erhofft hatte. Ich flüsterte ihr einen dummen Witz ins Ohr, und sie platzte fast vor Lachen. Eigentlich hätte Anne kochen müssen, aber sie blieb ganz unbeteiligt, und der berühmte Schauspieler robbte auf dem verdammten Sofa näher an sie ran. Besiegt und verbittert gab ich den Gleichgültigen, nickte ihnen sogar freundlich zu, Typ:

höflicher Hahnrei. Das wurde langsam ungesund, und ich ergriff die Flucht.

Der Abend war auf dem Höhepunkt angelangt. Der römische Discjockey drückte auf die Disco-Tube. Lord P. und mehrere Mitglieder seines Kreises bewarfen sich quer durch den Raum mit Kuchen. Sie hatten aus umgestürzten Tischen und gestapelten Stühlen Bunker gebaut. Alle waren mit Schlagobers bekleckert. Janice D. schlitterte ein paar Meter weit, bevor sie in einem Blumengesteck zu Boden ging. Die Tanzfläche glich mehr einer Eislaufbahn als venezianischem Parkett. Paolo di M. nutzte die Gelegenheit, seine Zigarre auf einem persischen Teppich auszudrücken. Charles de C. lachte so sehr, dass wir ihn auf die Terrasse tragen mussten, weil er einen Asthmaanfall bekam.

Ich fand Anne mit ihrem galanten Komödianten heiter scherzend an die Balkonbrüstung gelehnt. Der Idiot führte ihr einen Film vor, und das Schlimmste war: Sie spielte mit. Mir stockte das Blut in den Adern. Ich kletterte auf die Balustrade. Anne stieß einen Schrei aus, aber es war zu spät, ich hatte mich schon ins schwarze Wasser des Canal Grande hinabgestürzt.

Als ich wieder an die Oberfläche kam, beugten sich ungefähr dreißig Leute über mich. Da wurde mir warm ums Herz, obwohl ich fast starb vor Kälte. Kaum zu glauben, wie schnell einen nach einer solchen byronischen Geste die Wirklichkeit wieder einholt: Nass bis auf die Knochen, nach Schlamm und Öl stinkend, mit triefendem Smoking, angeklatschten Haaren, klappernden Zähnen und einer lächerlichen Wolldecke mit Schottenmuster um die Schultern, hatte ich genügend Zeit, mir mein Dandytum abzuschminken. Doch mein Ziel war erreicht: Anne beschmierte meine Stirn mit Lippenstift und beschimpfte mich als Irren. Der berühmte Schauspieler konnte einpacken mit seinem Kino. Ich habe nicht gespielt, ich habe gehandelt.

Und der Tag brach an, wie er es häufig zu tun pflegt.

Wir saßen über dem Wasser, kehrten dem Sonnenaufgang über dem Lido und jeder anderen Form entfremdender sozietaler Bilderbögen generell den Rücken und hatten einen kalten Hintern. Anne hielt meine Hand; man kann nicht allen Klischees entgehen.

Der Discjockey hatte uns Ecstasy gegeben. «Try it, try it, a mucha fun, a mucha crazy.» Er hatte die Stimme von Chico Marx.

Ich war schläfrig, man hörte jemanden im Nebel Klavier spielen, diese Pillen waren nichts für mich. Jean-Georges versuchte Estelle auf den Hals zu küssen. Anne spottete über den Glencheck-Anzug, den der Gastgeber mir geliehen hatte, so lange meine Sachen trockneten. Er war mir zehn Nummern zu groß. Sonst noch was? Sollte ich mir lieber den Tod holen? Die Eifersuchtsszene hob ich mir für später auf. Ich hasse es, in der Öffentlichkeit schmutzige Wäsche zu waschen. Besonders wenn ich meine nicht anhabe.

Plötzlich wurde mir heiß. Es war lächerlich, mich so aufzuregen. Schließlich war Jean-Georges mein bester Freund und Anne die Frau meines Lebens. Ich hatte große Lust, es ihnen zu sagen. Es ist wichtig, diese Dinge zu sagen. Die Menschen reden nie miteinander. Warum sollten ausgerechnet wir, die wir das Glück hatten, uns so wohl zu fühlen zusammen, einander das verschweigen? Anne drückte meine Hand immer fester. Stundenlang schwebten Klaviertöne in der Luft. Estelle küsste Jean-Georges. Ich habe Anne alles verziehen, und sie lehnte sich an mich. Es war die Liebe, das Glück, die Wahrheit.

Komisches Gift, dieses Ecstasy.

Venedig hat zu wenig Bäume. Was brauche ich zum Leben? Bäume, die im Wind rauschen und im Regen triefen. Bäume und eine Achselhöhle.

Es wird hell, wir sollten versuchen zu schlafen. Jeder Ausflug geht zu Ende. In Annes Haaren sah ich meine Liebe ertrinken.

Die Venezianer nennen das «Melancholie nach dem Fest». Ich glaube, es war vor allem eine unsanfte Landung.

Ich wache von heftigen Schmerzen am Oberkörper auf. Ich bin ans Betthaupt gefesselt, und Anne peitscht mich mit einem Gürtel. Sie zielt immer auf dieselbe Stelle. Mein Bauch brennt. Erst als sie beschließt, weiter unten zuzuschlagen, beginne ich mich zu wehren. Daraufhin streichelt sie mich lange, was mir Zeit zur Entspannung lässt (zwei wunderbare Krawatten im Eimer). Dann setzt sie sich auf mich drauf, und wir kommen sehr schnell, weil wir das Zimmer bis mittags räumen müssen.

Die Venezianer nennen das «eheliche Pflicht». Ich glaube, es war ein schwieriges Erwachen.

Die Eifersuchtsszene habe ich vertagt. Ich hätte nicht zulassen dürfen, dass dieser Schauspieler Anne anmacht. Also war ich selber schuld. Ich behielt meinen Groll für mich, als Munition für eine spätere Abrechnung, als Damoklesschwert, Sisyphusfels, Tantalusqual bis zum Sankt-Nimmerleins-Tag.

In Paris fand ich eine Wohnung fast ohne Möbel vor. Victoire hatte gründlich aufgeräumt. Es gab kein Bett mehr, keine Töpfe, kein Shampoo, kein Danach. Nur die halb verhungerte Katze. Ihr Miauen kam kaum gegen die Leere an. Ich nahm sie auf den Arm, und sie zerkratzte mir die Wange. Solche Tage gibts.

Aber das Wichtigste war noch da: Ich fand ein Glas, Eiswürfel im Kühlschrank und einen Rest Whisky in der großen Tradition der nordamerikanischen Literatur. Ich setzte mich auf den Boden und fasste zusammen. Das Gute an Trennungen ist, dass man Tabula rasa macht. Man kann für sich Bilanz ziehen. Ich zog eine ganz gute Bilanz für mich, dann bin ich mittendrin eingeschlafen. Das Telefon weckte mich aus der großen Tradition simonischer Ränke. Es war Anne: Ewigkeitsversprechen, endgültige Eide. Sie hängte ein und ließ mich damit hängen. Aber das Wichtigste war noch da: Ich fand ein Glas (dasselbe), Eiswürfel ... ach, den Absatz noch einmal von vorn ...

Ich hasse unverwundbare Kerle. Achtung habe ich nur vor den lächerlichen, denen auf versnobten Diners der Hosenschlitz offen steht, denen die Tauben auf den Kopf scheißen, wenn sie jemanden küssen, die auf einer Bananenschale ausrutschen, wenn sie Eindruck schinden wollen. Das Lächerliche ist dem Mann eigentümlich. Wer sich nicht regelmäßig zum allgemeinen Gespött macht, verdient es nicht, als Mensch betrachtet zu werden. Ich würde sogar behaupten, dass Lächerlichkeit das einzige Mittel ist, sich seines Lebens zu vergewissern. Das Cogito des modernen Mannes: Ridiculo ergo sum.

Das bedeutet, dass ich mir meines Lebens ziemlich oft bewusst bin.

Wir gingen weiterhin aus, Anne und ich. Allabendlich machten wir die Runde durch Top-Restaurants, Mottopartys und Flops aller Art. Das Minus auf meinem Konto hatte astronomische Ausmaße angenommen. Das war keine Deckungslücke mehr, das war ein schwarzes Loch.

Wir kamen oft abgefüllt nach Hause und schliefen wie die Steine. Ich schlüpfte nicht mehr oft in die Liebhaberrolle. Anfangs war ich, wie zu erwarten, überzeugend: haufenweise Liebeshändel, Positionen und Sanktionen in sämtlichen Variationen. Sie war befriedigt oder auch nicht.

Dann durchlebten wir eine Phase der Mäßigung, ja des Mangels. Ob wir das ausschließlich dem Ausmaß unseres mondänen Promillegehalts zuschreiben konnten? Ich war mir da nicht so sicher. Wir zankten uns ständig in der Öffentlichkeit. Während wir sonst in Frieden lebten, erklärten wir einander den Krieg, kaum dass wir unter Menschen kamen. Jeder Vorwand war gut genug: eine verletzende Bemerkung, ein übertriebenes Lachen, ein nachdenklicher Blick. Schmollen wurde zu unserem Lieblingssport. Man traf uns in Bestform am jeweils anderen Ende des Fests. Später, wenn die Gesellschaft schrumpfte, dehnte sich das Zerwürfnis aus, und die Nacht war verloren. Geteiltes Unrecht war doppeltes Leid. Am Ausgang des Spiels gab es keinen Gewinner und keinen Verlierer – außer der Liebe, die den künstlichen Paradiesen zum Opfer fiel. Liebe und Feste haben sich immer schon schlecht vertragen. Erstaunlich übrigens, dass das Verb «sortir» im Französischen zweierlei heißt: Sich einen Zungenkuss geben und Menschen treffen. Das Leben ist weniger versöhnlich als das Vokabular. Ich denke, wir gingen zu viel aus. In Paris konnte man nur noch Losers oder Has-beens treffen. Wir mussten die Frequenz verringern, wenn wir nicht bald einer der beiden Gruppen angehören wollten – oder einer dritten, der übelsten: der «Ex»-Gemeinde.

Greta Garbo hatte Recht. Oder war es nicht sie, die gesagt hat: «Die Hölle, das sind die anderen»?

Wir hätten übers Wochenende nach London fahren können. Ich hätte Mama die Katze anvertraut, um zu verhindern, dass mir der Tierschutzverein das Sorgerecht entzieht. Ich hätte Anne nach der Vorlesung abgeholt, hätte ihr gesagt, wir gehen außerhalb von Paris essen, und wäre mit ihr nach Roissy gefahren.

Dort hätte ich wieder Hoffnung geschöpft. Wir hätten keine einzige Sehenswürdigkeit besucht, kein Museum, keine Galerie, keinen einzigen Nightclub und wären nur ausgegangen, um Fernsehprogramme und Zigaretten für Anne zu besorgen. Wir hätten uns bei Channel Four in Chanel No. 5 geliebt, cross the Channel.

Sonntagmorgen wären wir im Hyde Park zum Speakers Corner gegangen. Ich wäre auf eine verlassene Holzkiste geklettert und hätte improvisiert. «Ladies and Gentlemen», hätte ich gesagt, «do you see this girl? I'm in love with her!»... Anne hätte sich am liebsten verkrochen. Distinguierte Herren hätten gefragt, ob sie zu verkaufen sei. Ich hätte den Preis in die Höhe getrieben, und sie hätten sich verdrückt. Die Engländer haben nicht so viel Geld; das kommt von der Wirtschaftskrise.

Vierter Teil

Stille

Tage

in

Neuilly

«Ein Spatz in der Hand
ist besser als eine Taube,
die auf zwei Hochzeiten tanzt.»
Édouard Baer

Manche werden vom Alkohol traurig, manche werden davon aggressiv. Ich werde nett. Kaum habe ich ein Glas zu viel getrunken, bin ich gut und zärtlich zu allen, die sich mir nähern, ich liebe sie mit einer wahren, reinen Liebe, genauso wie alle Dinge in meiner Umgebung: meine Flasche natürlich, aber auch das Licht und die Musik und den Rauch, der mir in den Augen brennt. Im Allgemeinen sitze ich da und schwelge in vollkommenem Mutismus; nur ein seliges Lächeln verrät die Sanftheit meiner Gefühle.

In solchen Momenten denke ich, dass mir alles Mögliche passieren könnte, irgendeine Katastrophe, ohne dass meine Verzückung daran Schaden nähme. So kann ich stundenlang bleiben, den Kopf zwischen den Händen, wie ein friedlicher alter Hund (wenn er Hände hätte).

Damit will ich nur sagen, dass ich keinesfalls darauf hätte bestehen dürfen, Anne nach Hause zu bringen. Ich bin durch zwei Einbahnstraßen falsch gefahren, mit einem Lächeln, aber die Bullen, die uns dabei erwischten, haben nicht gelächelt. Der Alkotest war beredt. Anne nahm ein Taxi nach Hause, ich verbrachte die Nacht auf der Wache, eine außergewöhnliche Nacht, in der ich wunderbare Menschen mit einem nicht immer ganz eindeutigen Leben kennen gelernt habe, die aber schwer ackerten, um da rauszukommen, wie in den Büchern von Philippe Djian.

Als ich meine Zellengenossen mit meinen meinen Überlegungen zum Thema Paar konfrontierte, sprach mich eine übertrieben geschminkte ältere Dame an:

«Du hast Angst vor dem Schweigen, das ist dein Problem.»

«Was?»

«Jaja, kenn ich doch, da rennste jeden Abend raus mit deiner Süßen, weilde Angst hast vor die Langeweile. Passiert doch immer, wenn man zusammlebt, dasses Reden aufhört. Nicht weilde dir nix mehr zu sagen hast, sondern weilde glaubst, dass alles gesagt ist. Also gehste raus. Wennde sie aber echt liebst, dein Käfer, haste auch den Mumm und kuckstes dir an, det Schweigen. Ohne dassde dein Radio oder dein Fernsehn anmachst. Und ohne dassde sie verdrischst.»

«Also das ist nicht so meine Art ...»

«Ach nee, seh ich doch an deine Schultern! Ich jenfalls mit meim Macker muss kein Rummel machen, wenn wir uns lieb ham.»

«So schauste aus, schläft da sein Rausch aus, dein Kerl und fertich is die Laube!» (Einwurf eines Clochards unserer Stubengemeinschaft)

«Hör nich drauf, Kleiner», raunte mir die Dame zu, «hör auf mein Rat: Hältstes zehn Minuten aus, das Schweigen, ohne dass dirs zu viel is, biste verknallt; hältstes ne Stunde durch, biste verschossen; wenndes zehn Jahre schaffst, biste verheirat!»

Trotz ihrer ungehobelten Sprache bewies die Matrone mit der verflossenen Wimperntusche einen gesunden Menschenverstand, der mich direkt ins Herz traf.

Und der Tag brach an, wie er es häufig zu tun pflegt.

Niemand ist unersetzlich: Von einem der spöttischen Heuchler erfuhr ich, dass Jean-Georges und Victoire miteinander ausgingen.

Am selben Abend, wie es eben so kommt, traf ich sie beim Staatsminister B. Jean-Georges tat, als ob nichts wäre. Victoire war begeistert, mir eins auszuwischen. Ich hätte mich aufregen müssen, aber ich war zu feige oder größenwahnsinnig.

Also rächte ich mich in dieser Nacht an Anne und verabreichte ihr eine fürchterliche Tracht Prügel. Obwohl diese Art von Erregung ihr keineswegs missfiel, sah sie sich doch gezwungen, der Form halber zu protestieren. Und ich muss gestehen, dass ich ihr mit dem Tagebuch von Stephen Spender (Éditions Actes Sud, 518 Seiten, 160 Francs) den Hintern ganz ordentlich versohlt habe.

Bei dieser Gelegenheit würde ich mir gern erlauben, eine kleine Zwischenbemerkung über die Verdienste verschiedener Schriftsteller in Hinblick auf derlei Händel einzuflechten. Es ist sonnenklar, dass die «Zeitgeister» und ähnliche zu leicht, zu flüchtig oder zu geschmeidig sind, mit Ausnahme vielleicht von Denis Tillinac, ideal für eine ehrliche Züchtigung a tergo, oder Michel Déon, für einen Disziplinarverweis auf irische Art. Wälzer sollte man meiden: Mit Sulitzer oder Françoise Chandernagor läuft man Gefahr, unschöne Blutergüsse hervorzurufen. Ohne ins gegenteilige Extrem zu verfallen, indem man etwa auf die Éditions de Minuit zurückgreift, die zu scharf oder zu spröde sind, findet sich das Ideal auf halbem Weg zwischen umfangreicher Saga und eiliger junger Literatur. Daher der unbestreitbare Vorzug der Éditions Actes Sud, deren schmales Format gut in der Hand liegt und den flachen Schlag begünstigt, der beeindruckt, ohne allzu grausam zu sein. Außerdem wird die Bestrafung mit einem avantgardistischen Buch der Schuldigen einen moralischen Genuss bereiten.

Ich habe Jean-Georges überredet, zu seinem Geburtstag ein Fest zu geben. Da daraus nichts wurde, war ich es schließlich, der unter dem Vorwand, dass es sich dabei um eine Überraschung handle, alle angerufen hat.

Anne kam mittags zu mir. Sie schluchzte, dass ich dachte, sie sei betrunken. Sie fiel mir in die Arme. Ihr Vater war eben gestorben. Sie weinte den ganzen Nachmittag. Ich nötigte sie, Wasser zu trinken, und legte meine Hand auf ihre heiße Stirn. Es ist albern, aber nichts macht mich verliebter als eine Frau, die weint. Ich kann ohne Regung dabei zusehen, wie Kulturen untergehen, Städte niederbrennen oder Planeten explodieren. Aber zeigt mir eine Träne auf der Wange einer Frau, und ihr könnt mit mir machen, was ihr wollt. Das ist meine hebephrene Seite. (Den Ausdruck habe ich im Wörterbuch nachgeschlagen.)

Anne ist trotzdem mitgegangen zu Jean-Georges, um sich auf andere Gedanken zu bringen. Ich war begeistert, auch wenn ich ihre Begegnung mit Victoire fürchtete. Wie üblich fand ich eine Ausflucht. Das ist eines meiner zahllosen Talente. Ich bin Experte für Staub: zum In-die-Augen-Streuen, Sich-aus-demselben-Machen usw.

Woran sind wahre Freunde zu erkennen? Dass sie dich mit deinem Familiennamen ansprechen. Bei Jean-Georges werden sie alle da sein. Marronnier wird in der Luft liegen. Ich liebe unser Rudel: Wie bei allen Freundeskreisen ergibt ein Treffen keinen Sinn. Nur Unsinn.

Die «Überraschungsparty» zum Geburtstag von Jean-Georges verlief wie erwartet: Am Ende war alles hin. Die Kristallgläser in russischer Manier an den Wänden zerdeppert, das Parkett von Bleistiftabsätzen durchsiebt. Ein Louis-XV-Fauteuil brach unter vier wild wackelnden Hintern zusammen. Den Clou des Spektakels lieferte Victoire, die mit dem Auto auf den Hof fuhr und die kleine Brunnenstatuette aus dem 18. Jahrhundert zerstörte. Es war ein richtig gelungener Abend.

Nur dass mir der Grund für Annes verfrühten Abgang entging. Ich konnte durchaus verstehen, dass die Trauer sie aus dem Gleichgewicht brachte. Aber warum zum Teufel hatte sie sich nicht von mir verabschiedet? Dabei hatte alles so gut angefangen: Sie hatte ihr bezauberndstes Kleid an, eng anliegend, mit einer runden Öffnung vorn, sodass man ihren Nabel und den weißen Bauch bewundern konnte. Sie sah aus wie Nancy Sinatra auf Mamas alten Schallplattenhüllen. Unser Entrée erregte Aufsehen. Aber ich merkte bald, dass irgendetwas schief lief. Anne ging mir aus dem Weg. Kaum kam ich näher, brach sie mit irgendeinem Typen ein Gespräch vom Zaun. Ich trank immer mehr. Wir waren ungefähr fünfzig Leute. Auf dem Plattenteller lag «Murmur», das beste Album von R.E.M.

Die Bullen kamen schnell: Die ganze Straße habe sich schon beklagt. Sie hatten nicht damit gerechnet, von einer tobenden Meute hereingezerrt, von den Mädels ihrer Mützen beraubt, sich mit einer Champagnerflasche in jeder Hand mitten im

Fest wieder zu finden, doch sie protestierten nicht lange. So blieb Jean-Georges immerhin eine Verwarnung erspart. Aber was für ein Appetit! Man hätte meinen können, bei der französischen Polizei herrsche Versorgungsmangel. Sie haben zwei Kuchen vertilgt, und ich beobachtete einen von ihnen dabei, wie er sich Zigarillos in die Taschen stopfte.

Victoire und Jean-Georges küssten sich oft. Wenn ich sie sah, packte ich mein Glas etwas fester und hielt Ausschau nach Anne. Sie tanzte im Nebenzimmer. Da kam mir eine Idee: Ich könnte die Platte wechseln. Ein Slow würde uns gut tun. Ich legte *Stand by me* auf den Plattenteller. Vielleicht verstand sie die zarte Anspielung.

Doch Anne wollte nicht tanzen. Sie habe mein Getue mit Victoire gesehen, wisse alles und hasse Slows. Dabei hatte ich Victoire nur Guten Abend gewünscht, und sie hatte meine Hand ergriffen. Was konnte ich dafür? Und das bisschen Handschellengeklingel war doch wirklich kein Grund für eine Meuterei. Jedenfalls ließ ich mich davon nicht abhalten, den Slow mit Estelle zu tanzen, der Ex von Jean-Georges, die ich in Venedig wieder gesehen hatte. Sie konnte kaum noch stehen.

Danach war Anne verschwunden. Was für ein Theater! Und sie hat alles verpasst. Jean-Georges kam, als Wikinger verkleidet, auf einem weißen Pferd in den Salon geritten und schnitt seinen Geburtstagskuchen mit einer Reibsäge an. Ich ritzte mit einer Glasscherbe meinen Finger, ließ einen Tropfen Blut in eine Schale fallen und goss ihn mit Mineralwasser auf – alle haben von meiner Hausmarke 1975er Taittinger rosé gekostet. Der Chefredakteur eines trendigen Monatsblatts hatte zwei

Mädchen, die sich kannten, die Hochzeit angetragen und musste das Fest vorzeitig verlassen.

Ich habe Anne überhaupt nicht vermisst, ich war wütend und habe sie mehrere Stunden nicht wieder gesehen.

Die Rita Mitsoukos haben sich getäuscht: Liebesgeschichten gehen gut aus. Sonst sind es keine Liebesgeschichten, sondern Romane (oder Lieder von den Rita Mitsoukos).

Die Beerdigung von Annes Vater: strahlende Sonne, heitere Stimmung, Vogelgezwitscher in den Bäumen. Ich wurde nicht erwartet. Kühler Empfang, heiße Tränen. Bessere Gesellschaft. Viele unterdrückte Lachanfälle. Anne ging an mir vorüber, ohne mich zu begrüßen. Dann habe ich mein Geschenk überreicht: den Kadaver meiner Katze, die ich am Morgen mit meinem Gewehr erschossen hatte. Aufruhr im Publikum. Viel Tod an diesem herrlichen Tag. Anne wies mein Geschenk zurück, aber in ihren Augen stand Dankbarkeit.

Die Zeremonie war schnell erledigt, der Priester wollte wohl seinen Zug erreichen oder noch ein paar andere einsegnen. Ich stellte mir die lange Warteschlange vor (länger jedenfalls als die Schlange vor der Kinokasse, wo die Leute hintereinander *stehen*). Diskret verließ ich die Versammlung, um meine Katze etwas abseits zu verscharren. Sie begann schon zu riechen. Ich habe ihren Körper in eine Wirtschaftsdoppelseite von *Le Monde* eingewickelt, bevor ich mit den Händen in der lehmigen Erde zu graben begann.

Als ich sehr viel später nach Hause kam, *Strawberry Fields forever* vor mich hin pfeifend, saß Anne auf der Fußmatte. Seit einer Stunde hatte sie auf mich gewartet. Soweit ich wusste, waren wir nicht verabredet. Ich fragte sie, was sie da mache.

«Darf ich reinkommen?», fragte sie.

«Wozu?», erwiderte ich. (Drei Fragen hintereinander.)

«So sehr hasst du mich?» (Vier.)

«Kannst du nicht hier mit mir sprechen?» (Bei zehn küss ich sie.)

«Warum bist du so gemein zu mir, Marc? Was hab ich dir getan? Du lässt eine Woche nichts von dir hören und spielst dann den Clown. Was glaubst du eigentlich? Mir geht es schlecht, ich muss die ganze Zeit an dich denken, ist dir das nicht klar?» Und so weiter.

Sie hat zehn Fragen gestellt, ich habe mein Versprechen gehalten und sie leidenschaftlich geküsst. Sie weinte, aber man muss dazu sagen, dass sie einen anstrengenden Tag hinter sich hatte. Ich schlug vor, mit meinem Auto nach Prag zu fahren. Dort unten war Revolution. Und was ist schöner, als sich im Urlaub eine Revolution zu genehmigen?

Ich zerrte Anne über die leere Place de la Concorde wie am Schluss von *Aden Arabie*. Sie bestand darauf, den Hund ihres Vaters mitzunehmen, was uns am Betreten des Crillon gehindert hat. Danach versuchte ich es beim Automobile Club, dort sind wiederum Frauen unerwünscht ... Aus lauter Verzweiflung sind wir dann im Garten des Élysée Mittag essen gegangen, da ist es ein bisschen lockerer. Trotzdem mussten wir durch die Hintertür.

François M. brachte uns ziemlich zum Lachen. Anne schmollte, die Nase in ihrem Carpaccio. Jacques A. fiel fast um vor Müdigkeit. Er hat überhaupt nichts gegessen. Als Menü gab es Sablés Poilâne und europäische Finanzen. Unter dem Tisch versuchte ich Anne mit dem Fuß zu berühren, aber François M. fing die Bewegung ab. Er dachte sicher, das käme von ihr, weil er ihr, als er sein Glas mit Rotwein füllte, von der Einsamkeit der Gipfel erzählte. Jacques A. verfiel vor unseren Augen. Der Maître d'Hôtel sorgte für Unterhaltung, indem er Guacamole auf meine Nike goss.

Ich stand auf, um zur Toilette zu gehen. Als ich mich darauf niederließ, bemerkte ich, dass mein Hintern mit denen all jener großen Männer kommunizierte, die vor mir darauf gesessen hatten. Ich stellte mir vor, wie sie, auf dieser Muschel thronend, über die Zukunft der Welt nachdachten, während sie nach dem Klopapier angelten. Ich war stolz. Nachdem ich das erlebt hatte, konnte ich in Frieden sterben.

Mir fiel ein, dass unter dem Ancien Régime der König vor den Augen des Hofes kackte. Warum war diese Zeremonie untergegangen? Wenn der Präsident der Republik jeden Abend live im Fernsehen kackte, würde man ihm zweifellos etwas mehr Respekt entgegenbringen. Als ich François M. diese Überlegungen mitteilte, erstickte er fast vor Lachen. Jacques A. klopfte ihm auf den Rücken, worauf er sein Gulasch wieder auf den Teller spuckte. Das hat Anne ein wenig aufgeheitert – Mission erfüllt.

Es war Mitternacht, als ich das Cabrio auf dem Wenzelsplatz vor dem Hotel Europa parkte. Die Tschechen nahmen den Wagen genau unter die Lupe. Wenn sie nicht Anne beglotzten. (Die Tschechen sind heimliche Stierer.) Ich habe den Kontakt unterbrochen.

Mit meinem Führer in der Hand klapperten wir die Nachtlokale ab. Führer ist gut – es war nur ein Haufen Zettel mit Adressen, die ich aus Zeitungen notiert und von ein paar Journalistenfreunden erfahren hatte. Im Café Slavia trafen wir Václav Havel, der einen Joint rauchte. Endlich ein verantwortungsbewusster Staatschef.

Die tschecho- und slowakischen Diskotheken sind eine Katastrophe. Es war wie in einem Wintersportort außerhalb der Saison. Die Flasche Wodka allerdings kostet dort nur dreißig Francs. Man kann nicht alles haben. Wir haben jeder eine getrunken.

Anne schwankte, als wir an den Statuen auf der Karlsbrücke vorbeigingen. Ich nahm ihren Kopf zwischen meine eisigen Hände und küsste sie auf die Nasenspitze, und wir zitterten vor Glück. Ein Kahn trieb auf dem Fluss. Ich fror an den Ohren. Ich saß auf der Brüstung und beaufsichtigte den Wind, die Sterne und das flackernde Licht der Laternen. Anne schmiegte sich an mich und lächelte mich an. Ich sagte nichts mehr. Nicht nötig, Ihnen das lang und breit zu erklären.

Am nächsten Tag um vier Uhr nachmittags ging ich hinunter, um Revolution zu machen. Der Platz war schwarz vor Menschen. Die Geschichte schritt voran, und ich wollte nicht zurückstehen. Überall zündeten die Tschechen Kerzen zu Ehren der Repressionsopfer an. Das erinnerte mich an den Stapel Blumensträuße in der Rue Monsieur-le-Prince, wo Malik Oussekine gefallen war. Im Westen blüht die Trauer, doch die Kerzen des Glaubens sind verrußt. Wie lange sie wohl brennen? In dem Augenblick, wo ich das dachte, löschte ein Windstoß zwei Kerzen aus.

Vor lauter Revolution bekam ich Magenknurren und ging zurück ins Hotel. Anne saß schon in der Cafeteria vor dem üppigen Breakfast: trocken Brot, bitterer Kaffee und eine Scheibe Schinken, die nicht dicker war als eine Dünndruckseite der Pléiade-Ausgabe. Und da wundert man sich über den Sturz des Kommunismus!

Ich bestellte ein Pils, das beste Bier der Welt. Wir sollten nicht an allem herumkritteln, was der Kollektivismus hervorgebracht hat. Ob ein schlechtes Ideal schlechter ist als gar keins? Diese Frage stellte sich Anne.

Prag war im Rausch. So etwas hatte ich noch nie gesehen: eine glückliche Demo. Die konnten das auch gar nicht fassen. Sie hatten sich das Lächeln lange abgewöhnt. In den Gässchen von Mala Strana beschleunigte Anne ihren Schritt, auf einmal ließ sie meine Hand los und begann, durch die berauschte Menge zu laufen. Wir spielten Nachlaufen ums Schloss herum. Ich ließ sie Vorsprung gewinnen, um besser sehen zu können, wie ihre Haare bei jedem Schritt flogen. Ein paar Mal hatte sie mich fast abgehängt, und ich fühlte, wie leer mein Leben ohne sie wäre. Diese Revolution konnte es mit meinem inneren Aufruhr jedenfalls nicht aufnehmen.

Das Europa gilt als das beste Hotel in Prag. Da fragt man sich, wie wohl die anderen sind. Unsere Badewanne war braun, die Bettwäsche war wohl unlängst benutzt, und das Personal von seltener Feindseligkeit. Man müsste in ein paar Monaten wiederkommen, zum Vergleich. Unter diesem Gesichtspunkt könnte man eine packende Studie «Über die Auswirkungen der Revolutionen im Osten auf die Service-Qualität in Grandhotels» verfassen. Worauf warten die Forscher denn noch?

Anne wollte auf der Bank Geld wechseln, ich hielt sie davon ab: Der Schwarzmarkt sei viel günstiger. Ich sprach einen Tschechen auf der Straße an, doch der blieb stur. Er nannte mir aber einen Ort, wo solche Transaktionen üblicherweise stattfänden. Eine Minute später trafen wir auf einen freundlichen Eingeborenen, der uns Annes Geld zu einem großzügigen Wechselkurs umtauschte. Mein Triumph war jedoch von kurzer Dauer, da Anne beim Nachzählen entdeckte, dass ihr dieses Individuum Toilettenpapier gegeben hatte, mit nur einem Schein obendrauf. In der Zwischenzeit hatte der gute Mann sich natürlich verdünnisiert. Immerhin könnte sich das Papier im Hotel noch als nützlich erweisen. Man weiß ja nie. Darüber hinaus liege der kafkaeske Aspekt dieses Abenteuers auf der Hand. Oder war der große Franz kein gebürtiger Prager? Außerdem gäbe das doch ein sagenhaftes Andenken ab, wenn wir wieder in Paris wären, erklärte ich Anne, während ich ihr das Geld gab, das sie durch meine Schuld verloren hatte. Dann gingen wir uns betrinken, besonders ich.

Prag ist die schönste Stadt der Welt nach Biarritz – Venedig ohne Klischees, Rom ohne Italiener, Paris ohne Freunde. Einziger Mangel: Es ist sehr kalt. Wir hatten das Glück, dort große Momente menschlicher Wärme zu erleben. Die Demokratisierung wird uns gewissermaßen ein Heizkörper gewesen sein.

In der Menge schlendernd, fasste ich meine Situation zusammen: Ich war drauf und dran, die große Liebe zu entdecken, wie die Prager die Freiheit entdeckten. Zum ersten Mal in meinem Leben fühlte ich, dass eine Frau etwas anderes sein konnte als ein Gefängnis. Der Kontext passte. Anne erschien mir als Gegengift zur ehelichen Langeweile, gerade als Václav Havel sich als Ausweg aus dem Totalitarismus anbot. Wieder einmal fühlte ich mich im Einklang mit der Welt um mich herum. Das Bier floss in Strömen, ich nahm Anne in die Arme und segnete die Revolution. Die Leute begannen miteinander zu sprechen, in den Köpfen begann es zu rotieren, die Frauen begannen sich auszuziehen. Mir entging nichts: Wahrscheinlich erfordern alle Lehrjahre des Herzens eine Revolution. Bei Frédéric Moreau war es die von 1848, und Marc Marronnier nahm, was er kriegen konnte.

Fünfter Teil

Vom Regen

zum

Stabreim

«Ich konnte nie die Schultern
einer jungen Frau sehen,
ohne über eine Familiengründung
nachzudenken.»
Valéry Larbaud

«Jeder hält hält hält's
wie's ihm gefällt fällt fällt.»
Chagrin d'amour

Nichts finde ich quälender als Beschreibungen. Wozu soll das gut sein? Wozu erläutern, dass der Himmel über Nîmes blau ist, der Pastis kalt, die Grillen «gri-gri» machen und die Arenen voll blutüberströmter Stiere sind?

Wir sind zur Hochzeit von Jean-Georges und Victoire hierher gekommen, das ist aber noch kein Grund, auf Corridas zu verzichten. Anne knabbert Pralinen, der Stier senkt den Kopf. Anne frisiert sich noch einmal, der Stier will überleben. Anne schließt die Augen, der Todesstoß ist vollzogen. Anne schwenkt ihr Taschentuch, der Vorsitzende spricht dem Toreador die beiden Ohren zu. Anne massiert mir den Nacken. Ich habe mir einen Schiefhals zugezogen, weil ich unbedingt beide Vorstellungen gleichzeitig sehen wollte.

Sich im Schlamm zu lieben ist nicht unangenehm und außerdem gut für die Haut. Das nenne ich zwei Fliegen mit einer Klappe schlagen. Ich möchte dem Gewitter am Ende des Tages, ohne das nichts von alldem möglich gewesen wäre, meinen Dank aussprechen, ebenso den Wolken, dem Mas von Annes Vater, in das wir uns zurückgezogen hatten, und dem gesamten Pfützenteam. Außerdem danke ich Annes Vater, der so umsichtig war, zum Sommerbeginn das Zeitliche zu segnen, damit wir über seinen Zweitwohnsitz verfügen konnten.

Anne schwärmt für alles Schmelzende: für Schokoladeneis bei Hitze und für mich, wenn ich gerührt bin. Wie sollte ich ihr widerstehen? Sie knabbert Sonnenblumenkerne unter dem blauen Himmel. Bei den Spaniern heißt das *pipas*. Das steht auf der Packung und veranlasst mich zu zweifelhaften Gedankenspielen. Wir liegen in der Sonne, und der Swimmingpool wird und wird nicht voll. Ich bin glücklich; macht nichts, ich versuche trotzdem zu schreiben. Die Zikaden machen ein Heidenspektakel.

Das Zimmer riecht nach Aioli, dem Olivenöl auf dem Salat und dem Monoi-Öl auf den Brüsten. Wir hören Compact Discs. Ich hasse Compact Discs. Sie zerkratzen nie. Sie sterilisieren die Musik. Einer Laserdisc zuzuhören ist wie Poppen mit Präser. Harmlos. Jimi Hendrix ist rechtzeitig gestorben.

Wer behauptet, irgendetwas von der Gesellschaft verstehen zu wollen, müsste zwangsweise eine Stunde lang in einer Bar neben der Tanzfläche sitzen und mitschreiben. Da gibt es alles: die Klassenverhältnisse, die Verführungstricks, die Krisen der kulturellen (oder sexuellen) Identität und die Gruppentherapie. Ein Gesellschaftswissenschaftler, der nie durch die Nächte der großen Metropolen streifte, ist seiner Berufung unwürdig. Außerdem müssten Soziologieprüfungen, um ein Mindestmaß an Glaubwürdigkeit zu erreichen, im Balajo abgehalten werden.

Das war ein kurzer Abriss der Theorien, die ich gestern Abend in der Scatola geschmiedet habe, einer kleinen Ferienbar in Port-Camargue, wo wir einen hinreißend trivialen Abend verbrachten. Ich liebe Bars im Sonnenschein: Sie bestärken meinen Widerspruchsgeist. Wenn es draußen regnet, hängen Hinz und Kunz in den Bars herum. Bei schönem Wetter dagegen sind nur waschechte Nachtschwärmer verrückt genug, sich einsperren zu lassen. Quod erat demonstrandum.

Das ist allerdings nicht der einzige Grund meiner Neigung für Urlaubs-Nightclubs. Neben dem ökonomischen Argument (für das Geld, das man in Paris für eine Flasche bezahlt, kann man sich eine ganze Bar allein leisten), ist vor allem eine Tatsache nicht zu leugnen: Alle Frauen sind schön, wenn sie braun gebrannt sind. Besonders die pummligen. Als hässliche Frau würde ich mich an der Côte d'Azur niederlassen und in Openairdiscos untertauchen.

Gestern Abend habe ich in der Scatola nur Sahneschnittchen gesehen. Was für Schönheiten! Nichts geht über die Lust, eine Unbekannten nach Hause zu begleiten, die mich in solchen Momenten befällt, ohne dass ich ihr je nachgeben würde. Die Enttäuschung befriedigt mich. Ich bin ein weichlicher Abenteurer, ein träger Romantiker, ein Schrumpfromeo, ein schwankender Defaitist, ein furchtsamer Deserteur. Ich habe ein Herz für Fehlstarts.

Eine Sache lässt mir keine Ruhe: Wovon träumen hübsche Mädchen, die zwischen einem bärtigen T-Shirt-Verkäufer und einem mongoloiden Motorradfahrer sitzen? Wie können sie mit diesem Abschaum verkehren, andere verstören und ihren Ruf versehren? Da ich mich weigere zu glauben, sie wären womöglich dumm (ein dummes Mädchen ist niemals schön), muss ich mich fragen: HABEN SIE ALLE HOFFNUNG FAHREN LASSEN?

Ich tanze nicht gern, weil ich es nicht kann. Frauen können es instinktiv. Die Haare fliegen, die Arme wirbeln, die Wimpern schlagen. Sie haben geschnürte Stiefel, Korsagenkleider und blickdichte Strümpfe. Sie bringen mich um. Ich habe meine Brille verloren, und meine Kurzsichtigkeit stimmt mich zuversichtlich. Das Verschwommene ist mehr als Kunst, es lässt mich zwischen den Lebenden wieder auferstehen. Halluzinogene Pilze sind überflüssig, man muss nur seine Brille verlieren und sieht das Leben rosarot.

Dann kommt Anne und unterbricht mein Räsonieren mit einem Glas Gin Tonic. Nichts zu machen, sie überstrahlt sie alle. Sie trägt ein lachsfarbenes Leinenkleid. Ich werde wieder zum Kind, schüchtern, da sind die Partien baskischer Pelota, der Salzgeruch, der Gezeitenkalender, ein Jahrmarkt vor dem

Pelotafeld, die Karamellen im Café de la Venta, die Hortensien auf der Place Paul-Jean Toulet, der schwarze Asphalt unter weißen Espadrilles … Ich werde immer wieder ins Baskenland zurückkehren wie die Pelota zur Chistera. Irgendwann werde ich Anne nach Guéthary mitnehmen.

Man hat nur eine große Liebe im Leben, alle davor sind Lehrstücke, alle danach Wiederholungsversuche; jetzt oder nie.

In diesem alten Haus weiche ich Anne nicht mehr von der Seite, und wir wagen uns kaum nach draußen. Hier begreife ich, dass unsere Dramen vom Ausgehen kommen. Die Außenwelt ist unsere Gehenna und die, die dort umherziehen, sind wie verirrte Schlafwandler. Pascal hat Recht: Das ganze Unglück der Menschen kommt daher, dass sie nicht ruhig in einem Zimmer sitzen können. Nichts ist schöner, als sich mit der Frau, die man liebt, einzuschließen. Abends an Annes Seite die Zähne zu putzen, morgens ihre Strümpfe auf meiner Stuhllehne zu finden und sie nachmittags zum Einkaufen zu begleiten ist mir mehr wert als alle Leidenschaft der Welt. Keine falsche Romantik kommt dem überwältigenden Gefühl gleich, Anne in der Küche beim Kartoffelschälen singen zu hören. Kein Pornofilm ist erregender, als ihr beim Baden zuzusehen, die Augen voll Shampoo.

Albert Cohen hatte Unrecht: Es ist nicht das Rauschen der Wasserspülung, das die Liebe tötet. Es ist die Angst vor der Langeweile, die unsere glühenden Träume in klimatisierte Albträume verwandelt. In Wirklichkeit tötet das Rauschen der Wasserspülung die Langeweile, genauso wie der Geruch von geröstetem Brot, alte Ferienfotos, auf dem Nachttisch vergessene Armreifen und der dumme kleine Brief in einer Jacke, der dir die Tränen in die Augen steigen lässt. Die beste Medizin gegen den Alltag ist der Kult des Alltags in seinem Fluss.

Männer fürchten die Zweisamkeit, und zwar nur aus einem Grund: aus Angst vor der Routine. Hinter dieser Angst verbirgt sich eine andere: die vor der Monogamie. Es ist für die Typen unmöglich zuzugeben, dass sie ihr ganzes Leben mit derselben Frau zusammenbleiben könnten. Die Lösung ist einfach: Sie muss Heimchen und Hure, Vamp und Lolita, Sexbombe und eiserne Jungfrau, Krankenschwester und Kranke sein.

Wenn die Frau deines Lebens unzählig ist, warum woanders hingehen? Dann ist dein Alltag nicht mehr alltäglich.

Was sehe ich, wenn ich Anne ansehe? Eine reife Frau, heiser und zerzaust, die bei der Morgentoilette Radio hört. Zehn Minuten später ist sie schon eine andere, die zärtliche Freundin, die Kirschkerne aus dem Fenster spuckt. Zurück ins Bett: Anne ist eine Dritte, sinnlich, mit glühendem Körper. Und so weiter, an einem einzigen Vormittag lerne ich zwanzig verschiedene Frauen kennen, vom braven Mädchen, das beim Fernsehen mit geblähten Backen Kaugummi kaut, über die schlichte Tippse, die sich beim Telefonieren die Nägel feilt, zur depressiven Hysterikerin, die an die Decke starrt und vor Angst fast stirbt, nicht zu vergessen die romantische Geliebte. Wie sollte ich ihrer müde werden? Ich brauche keine Tricks, keine ausgefallenen Ideen oder Strategien, um meine Leidenschaft neu anzufachen: Anne allein ist ein ganzer Harem.

Heute Morgen ist etwas Seltsames geschehen: Ich habe Anne getötet. Sie war beim Abwasch, und ich kam mit dem Gewehr in der Hand herein. Sie lächelte mich an und sagte, ich solle aufhören, damit zu spielen, das sei gefährlich, da habe ich sie mit einem Kolbenhieb auf die Schläfe zum Schweigen gebracht. Sie fiel auf die Fliesen, ganz verwirrt, das gab mir Zeit, die Flinte zu laden und ihr eine Kugel in den Bauch zu jagen. Sie schrie nicht lange – die nächste Kugel traf den Kopf. Nach der Explosion fiel ich vor Schmerz auf die Knie. Herr Jesus, was ist da in mich gefahren? Mein Herz war mir herausgerissen, ich hatte meine einzige Liebe umgebracht und heulte über ihrem empfänglichen Leib. Endlich bin ich dem Unglück begegnet, zum ersten Mal in meinem Leben …

Was ich da eben erzählt habe, ist völlig falsch. Anne ist in ausgezeichneter Verfassung und bringt mir gerade den Kaffee. Und wenn wir nicht gestorben sind, dann leben wir glücklich für ewige Zeit und haben viele Kinder, die herumtoben, sich am Strand von Bidart die Knie an den Felsen aufschürfen, die die Macht übernehmen und Boote mieten. Anne hat lächelnd das blaue Meer ihrer Augen zu mir erhoben, weil sie meine Gedanken lesen kann.

Schlagen wir eine neue Seite auf! Unmöglich, das war die letzte.

Maussane-les-Alpilles, Juni 1990

Paul Auster

Paul Auster, geboren 1947 in Newark / New Jersey, gilt in Amerika als eine der großen literarischen Entdeckungen der letzten Jahre. Er studierte Anglistik und vergleichende Literaturwissenschaft an der Columbia University und verbrachte danach einige Jahre in Paris. Heute lebt er in New York.

Die New York-Trilogie *Roman*
(rororo 12548)
«Eine literarische Sensation!» *Sunday Times*

Mond über Manhattan *Roman*
(rororo 22756)

Smoke. Blue in the Face
Zwei Filme
(rororo 13666)

Die Erfindung der Einsamkeit
(rororo 13585)

Die Musik des Zufalls *Roman*
(rororo 13373)

Mr. Vertigo *Roman*
Deutsch von Werner Schmitz
320 Seiten. Gebunden und als rororo Band 22152

Leviathan *Roman*
Deutsch von Werner Schmitz
320 Seiten. Gebunden und als rororo Band 13927

Von der Hand in den Mund
Deutsch von Werner Schmitz
512 Seiten. Mit 24 farbigen Tafeln. Gebunden und als rororo Band 22634
Aller Anfang ist schwer: Paul Austers amüsantes Selbstporträt des Künstlers als hungernder Mann vor dem Hintergrund der bewegten sechziger und siebziger Jahre.

rororo Literatur

Timbuktu *Roman*
Deutsch von Peter Torberg
192 Seiten. Gebunden und als rororo 22882

Das rote Notizbuch
Deutsch von Werner Schmitz
64 Seiten. Pappband und als rororo Band 23040
Nov 2001

Paul Auster's Stadt aus Glas
Herausgegeben von Bob Callahan und Art Spiegelman. New York-Trilogie I. Großformat
(rororo 13693)

Im Land der letzten Dinge
Roman
Deutsch von Werner Schmitz
200 Seiten. Gebunden und als rororo Band 13043

Lulu on the Bridge *Das Buch zum Film mit Vanessa Redgrave und Harvey Keitel*
(rororo 22426)
Nach den Drehbüchern für «Smoke» und «Blue in the Face» führt Paul Auster hier zum ersten Mal Regie.